反乌托邦三部曲

我们

[俄罗斯] 扎米亚金 著　赵丕慧 译

北京燕山出版社
BEIJING YANSHAN PRESS

图书在版编目 (CIP) 数据

我们 /（俄罗斯）扎米亚金著；赵丕慧译 . —北京：北京燕山出版社，
2013. 10（2022.7 重印）

ISBN 978-7-5402-3335-8

Ⅰ . ①我… Ⅱ . ①扎… ②赵… Ⅲ . ①长篇小说－俄罗斯－现代
Ⅳ . ① I512.45

中国版本图书馆 CIP 数据核字（2013）第 203333 号

本书中文译文由 NET AND BOOKS CO., LTD 授权使用

反乌托邦三部曲
我 们

［俄罗斯］扎米亚金 著

赵丕慧 译

策　　划 / 赵东明

责任编辑 / 尚燕彬

插　　图 / 玛莉亚·盖瑞妮娜（Maria Garanina）

装帧设计 / 8○雲·小贾

内文制作 / 张　佳

北京燕山出版社出版发行

北京市丰台区东铁匠营苇子坑 138 号嘉城商务中心 C 座　邮编 100079
全国新华书店经销
北京市松源印刷有限公司印刷

开本 850mm×1168mm　1/32　印张 8　插页 16　字数 166,000
2013 年 11 月第 1 版　2022 年 7 月第 9 次印刷

定价：45.00 元

叶夫根尼·伊万诺维奇·扎米亚金（Евгений Иванович Замятин，1884—1937），俄罗斯白银时代重要作家之一。以风格独具的民间口语叙述文体和幽默讽刺的笔墨享誉苏联文坛，被称为"语言大师""新现实主义小说的一代宗师"。

两岁的扎米亚金

扎米亚金出生于俄罗斯顿河河畔的列别甸镇，父亲是个牧师，母亲是个有文化、擅长弹钢琴的女子。他的妻子柳德米拉·尼古拉耶夫娜是他生活的伴侣、工作的助手，在他去世后一直致力于他的作品的整理和出版工作。

一九〇二年，扎米亚金毕业于沃罗涅日中学，因成绩优秀获得了金质奖章。这枚奖章被他送进了当铺，换了二十五卢布。扎米亚金中学期间就以语文成绩突出而闻名校园，毕业时校长告诫他，不要去走写作这条路。他对此不以为然。

高中毕业后扎米亚金进入圣彼得堡理工学院，学习造船技术。一九〇五年，扎米亚金因参加革命活动被捕，之后被流放回他的故乡。一九〇六年夏天，他悄悄回到彼得堡。一九一一年再次被捕、被驱逐，直到一九一三年才获大赦。

1 青年时代的扎米亚金
2 与父母、妻子
3 与妻子

与同事合影（1907）

创作中的扎米亚金（1935）

　　一九〇八年，扎米亚金毕业留校任教，同时开始了文学创作。一九一二年，扎米亚金发表了小说《外省小城》，开始受到文学界关注。一九一四年创作的《在那遥远的地方》却遭到了查禁。

　　一九一六年三月，扎米亚金到英国参与建造当时俄国最大的破冰船。十月革命胜利后，这艘船被命名为"列宁号"。在英国期间，扎米亚金创作了讽刺小说《岛民》。

　　十月革命爆发后，扎米亚金回到俄国。在纷乱的局势下，他除了在理工学院讲课外，还在其他大学里讲授俄国文学、散文写作等课程，同时主编杂志。

　　在苏联，扎米亚金与高尔基同为二十年代的文学导师，对许多著名作家产生过很大影响。他是艺术技巧派的大师，成功创造了"合成表现主义"文体。

一九二三年，画家库斯妥迪耶夫为扎米亚金绘制的画像

与妻子在国外

　　一九二一年，扎米亚金完成了《我们》的创作，但在国内无法出版。一九二四年，《我们》的英文版在美国出版。一九二九年，《我们》在国外出版俄文版。

　　尽管《我们》仅在国外出版，但是它的手抄本、摘录文章早已在国内流传，这给扎米亚金带来了遭"封杀"的厄运——他的作品被禁止出版和排演。一九三一年六月，扎米亚金写信给斯大林，"我作为一名作家，失掉了写作的可能，无异于被判了死刑……如果我不是罪人，请求允许我和妻子短期出国。"

　　一九三一年十一月，在高尔基的斡旋下，扎米亚金和妻子获准出国。他们辗转欧洲，最后定居巴黎。流亡期间，扎米亚金一直保留苏联国籍，不参与任何反苏活动。

　　一九三七年，扎米亚金因心绞痛发作，逝世于法国。

扎米亚金的墓地

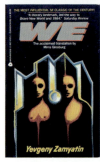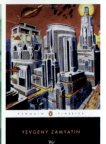

英文版的《我们》

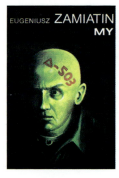

捷克语版的《我们》

　　《我们》的英文版、俄文版、捷克语版在国外陆续出版后，在苏联引发了轩然大波，这部作品被视为社会主义的讽刺之作而遭到批判和封禁。而当时著名的文学评论家和小说家什克洛夫斯基则给予《我们》高度评价："如果没有它，我们的文学是不完整的。"

一九八九年莫斯科《真理报》
版《我们》的封面和插图

　　在相当长的一段时间里，《我们》是苏联的禁书。直到一九八八年，随着《一九八四》在苏联的出版，《我们》才得以正式出版。

　　《我们》被乔治·奥威尔称为焚书年代里的文学珍品，是反乌托邦三部曲的源头之作，启发并影响了后两部作品的创作。作品除了政治与社会寓意影响深远外，在文学表现手法上，对后世的影响也是非常巨大的。希区柯克的悬疑故事《谋杀1990》，就是换骨于《我们》。一九九四年，《我们》获得普罗米修斯奖的"名人堂"奖。

俄文版的《我们》

札记十一 / 061

札记十二 / 068

札记十三 / 073

札记十四 / 080

札记十五 / 083

札记十六 / 088

札记十七 / 095

札记十八 / 102

札记十九 / 109

札记二十 / 116

札记二十一 / 120

札记二十二 / 126

札记二十三 / 130

札记二十四 / 135

札记二十五 / 140

札记二十六 / 147

札记二十七 / 152

札记二十八 / 159

札记二十九 / 168

札 记 三 十 / 172

札记三十一 / 177

札记三十二 / 187

札记三十三 / 195

札记三十四 / 197

札记三十五 / 206

札记三十六 / 213

札记三十七 / 218

札记三十八 / 223

札记三十九 / 226

札 记 四 十 / 232

大家读

先知先觉的魅力　止庵 / 235

人需要高尚价值的想象　徐贲 / 240

焚书年代的文学珍品[1]

——评扎米亚金的《我们》

乔治·奥威尔

在听说了它的存在好几年之后，我终于弄到了一本扎米亚金写的《我们》，在这焚书的年代里，这是文学珍品之一。我查阅了格莱勃·斯屈夫的《苏俄文学二十五年》，找到了它的历史如下：

一九三七年死于巴黎的扎米亚金是一位俄罗斯小说家和批评家，他在革命前和革命后都出过几部书。《我们》写于一九二三年[2]，虽然它写的不是俄罗斯，而且同当代政治没有直接关系——这是一部关于二十六世纪的幻想故事——但却因意识形态上不宜的理由而遭拒绝出版。一份原稿被带到了国外，该书便以英、法、捷克文译本出版，但从来没有用俄文出版。英译本是在美国出版的，我一直没有能够买到一本。但是法文译本是有的，我终于借

---

[1]　引文略有改动。
[2]　实为一九二一年。

到了一本。在我看来，这并不是一本第一流的书，但是它肯定是一本不同寻常的书，居然没有一个英国出版商有足够的魄力重新印行，真是令人奇怪。

关于此书，任何人会注意到的第一点是——我相信从来没有人指出过——阿道司·赫胥黎的《美丽新世界》有一部分一定是取材于此的。两本书写的都是人的纯朴自然精神对一个理性化的、机械化的、无痛楚的世界的反叛，两个故事都假定发生在六百年以后。两本书的气氛都相似，大致来说，描写的社会是同一种社会，尽管赫胥黎的书所表现的政治意识少一些，而受最近生物学和心理学理论的影响多一些。

在扎米亚金笔下的二十六世纪里，乌托邦里的居民已完全丧失了他们的个性，以致只以号码相称。他们生活在玻璃房子里（这是写在电视发明之前），使得名叫"观护人"的政治警察可以更加容易地监视他们。他们都身穿同样的制服，说起一个人来不说是"一个人"，而说是"号民"或者"浅蓝色制服"。他们吃人造食物。他们的文体活动是跟着大喇叭播放的"一体国"国歌四人一组开步走。在规定的时间里他们可以在玻璃住房四面拉下帷幕一小时（叫作"性交日"）。当然，没有婚姻，尽管性生活看来并不是完全乱交的。为了做爱用，每人都发一本粉红色的配给券。每人份内有六个"性交日"，一起度过一个小时的对象须在票根上签字。一体国是由一个叫"造福者"的人统治的，由全体号民每年重选一次，投票总是一致通过的。国家的指导原则是幸福与自由互不相容。在伊甸园里，人本来是幸福的，但他愚蠢地要求自由，便被逐到荒野中去。如今一体国取消了他的自由，恢复了他的幸福。

到此为止，与《美丽新世界》的相似之处是很触目的。但是，尽管扎米亚金的书写得并不怎么紧凑——它的松散和零碎的情节过于复杂，不易扼要介绍——但它的政治意义是另一部书中所没有的。在赫胥黎的书里，"人的本性"问题从某种意义上来说已经解决，因为它假定，用产前处理、服用药物和催眠提示，人的机体是可以按任何要求方式予以专门改造的。可以像制造傻子一样容易地制造出第一流的科学工作者来，不论在前者还是后者身上，原始本能的残余，如母性感情或者自由欲望都是很容易对付的。同时，书中没有提出明白的理由说明为什么要把社会做它所描写的那样细致的分层。目的不是经济剥削，但动机似乎也不是威吓和支配的欲望。没有权力欲，没有虐待狂，没有任何种类的铁石心肠。在上层的人并没有留在顶层的强烈动机，尽管大家都是傻乎乎的快活的，生活却变得没有什么意义，使人很难相信这样一种社会是能够维持下去的。

扎米亚金的书，总的来说，同我们自己的处境更加有关。尽管有所受的教育和观护人的警惕性，许多古代人类的本能仍旧存在。故事的叙述者 D-503 号虽然是个有才能的工程师，却是个可怜的世俗人物，一种乌托邦里的伦敦城的比莱·布朗，经常因为身上的返祖冲动而感到害怕。他爱上了（当然，这是一桩罪行）某个 I-330 号，她是个地下抵抗运动的成员，一度成功地引导他参加了反叛。反叛爆发时，造福者的敌人们数目居然不少，这些人除了策划推翻国家以外，在他们拉下帷幕以后甚至耽溺于吸烟喝酒这样邪恶的事。D-503 最后获救，幸免于他自身错误带来的后果。当局宣布，他们发现了最近动乱的原因：那是有些人患了一种叫作想象的疾病。制造想象的神经中心如今给找到了，这疾病可以用 X 光照射来治愈。D-503 接受了治疗，治疗后他很容易做他一直知道该做的事——那就是把他的同党出卖给警察。他面不改色，心平气和地看着 I-330 关在一只瓦斯钟下受压缩空气的酷刑：

> 她注视着我，用力抓紧椅子扶手——一直到她的眼睛闭上为止。之后她被拖了出去，用电击让她恢复了意识，再一次被带到瓦斯钟下。前后一共重复了三次——可是她仍旧是一声不吭。其他跟这个女人一块被带进来的人就比较诚实：有许多在第一次之后就招供了。明天他们全部都要登上阶梯接受造福者的机器制裁。

造福者的机器就是断头台。在扎米亚金的乌托邦里有许多次处决。这都是公开举行的，由造福者亲自出席，并有御用诗人朗诵胜利颂诗作为配合。断头台当然不是那种老式的粗糙工具，而是一种大为改进的模型，名副其实地"消灭"了它的刀下鬼，在一刹那之间，把她化为一阵轻烟，一摊清水。这种处决实际上是以人为牺牲的奠祭，书中描写的场面有意给添上了远古世界阴惨的奴隶文明的色彩。就是这种对极权主义的非理性一面——把人当作祭祀的牺牲，把残忍作为目的本身，对一个赋有神的属性的领袖的崇拜——的直觉掌握使得扎米亚金的书优于赫胥黎的书。

很容易看出为什么这本书的出版遭到拒绝。D-503 和 I-330 之间的下述对话（我稍加删节）足以使检察官的蓝铅笔启动起来：

> "你难道不知道你是在计划革命？"
>
> "对，就是革命！这有什么荒唐的？"
>
> "因为根本就不可能有革命。我们的革命是最后一场革命，不可能再有其他的革命。大家都知道……"
>
> "亲爱的——你是数学家。既然这样，把最后的数告诉我吧！"
>
> "你在说什么啊？我……我不懂你的意思，什么最后的数？"
>
> "唉，最后的，终极的，最大的。"
>
> "简直是胡闹！数是无限大的，哪里来的什么最后的数呢？"
>
> "既然这样，又哪里来的什么最后的革命呢？"

还有其他类似的段落。不过，很可能是，扎米亚金并不想把苏维埃政权当作他讽刺的专门对象。在列宁死去的时候写这本书，他不可能已经想到了斯大林的独裁，而且一九二三[1]年时俄国的情况还没有到有人会因为生活太安全和太舒服而反叛的程度。扎米亚金的目标似乎不是某个具体国家，而是以工业文明作为隐含目标的。我没有读过他其他的书，但我从格莱勃·斯屈夫那里了解到，他曾在英国待过几年，曾对英国生活写过一些辛辣的讽刺

---

[1] 实为一九二一年。

文章。从《我们》中可以明显地看出，他对尚古主义有一种强烈的倾向性。他在一九〇六年遭到沙皇政府的监禁，一九二二年又遭布尔什维克的监禁，关在同一监狱的同一过道的牢房里。因此他有理由不喜欢他所生活的政治体制，但是他的书并不是简单地表达一种不满。它实际上是对"机器"的研究，所谓"机器"就是人类随便轻率地把它放出了瓶子又无法把它放回去的那个妖魔。英文版出来时，这是一本值得注意的书。

董乐山　译

札记一

提纲：一份公告

最睿智的线条

一首诗

今天《一体国官报》刊登了一份公告，我把原文转录如下：

"整体号"再过一百二十天即打造完成。第一艘"整体号"升入太空那历史性的一刻即将到来。一千年前，各位英勇的祖先征服了整个星球，建立了一体国的权威，而在今天各位则是要成就更辉煌的丰功伟业：有了这艘喷火式、电动、玻璃材质的"整体号"辅助，你们将解出无穷的宇宙方程式之谜。你们将征服其他星球上的未知生物，他们可能仍处于原始的自由状态中，为了他们着想，你们会为他们戴上理性之轭。万一他们不了解我们为他们带来的是经过数学方法计算毫无瑕疵的幸福，那么我们就有责任来强迫他们享此幸福。但是在诉诸武力之前，让我们先试试语言的力量。

因此，以造福者之名，我们向一体国全体号民宣布：

凡自认有文采者，都必须撰写论文、颂诗、宣言、诗歌或其他作品，颂扬一体国之壮丽雄伟。

这些作品将会是"整体号"载运的第一批货物。

一体国万岁，号民万岁，造福者万岁！

转录这份公告时，我觉得双颊滚烫。不错，是要解开宇宙方程式的答案。不错，是要拉直野性原始的弧，拉成一条切线——渐近线——一条直线。因为一体国的线就是直线，伟大、神圣、精确、睿智的直线——所有线条中最睿智的一条线。

我是 D-503，"整体号"的建造人，一体国众多数学家之中微不足道的一个。我的笔向来写的是数字，对于创作母韵及节奏十分陌生，因此我只是尽量记下我的所见所闻，说得更精准一点，是记下我们的想法（一点也没错，我们，就让我这本札记叫作《我们》吧）。不过既然这本札记是衍生自我们的生活，衍生自一体国数学上完美生活的产物，无论我的意愿或是文采如何，它难道不能就是一首诗吗？可能的。我相信，我也知道。

我一面写，一面感到脸颊热辣辣的。这感觉必然就像是女人第一次感觉到她的腹中有了眼睛还看不见的小人儿在脉动。那是我，又不是我，而且在漫长的几个月中，我必须要用自己的生命、自己的鲜血来滋养它，然后再痛苦地从自己的体内撕扯出来，把它奉献在一体国的脚下。

但是我准备好了，就像我们每一个人，几乎每一个人。我准备好了。

札记二

提纲：芭蕾
　　　方正的和谐
　　　X

　　春天。从绿墙之外，从看不见的荒野之外，风吹来了不知名花朵的黄色蜜粉。甜甜的花粉让你的嘴唇干燥，让你每隔一分钟就会去舔舔嘴唇。你见到的女人，她们的嘴唇必然是甜的（当然男人也是一样），而这或多或少都阻碍了逻辑的思考。

　　可是那片天啊！蓝蓝的，一点云也没有（古人的品味可真是荒诞不经，他们的诗人看见了那些荒谬、无序、乱七八糟累积的水蒸气，竟然会诗兴大发！）。我只爱——我相信我可以放胆地说，我们只爱——这样一片万里无云、湛蓝无瑕的天空。遇上像今天这样的日子，整个世界就如同绿墙一样，如同我们所有的建筑一样，是由坚实耐久的玻璃铸造的。遇上这样的日子，你能看见事物最蓝的底层，看见事物未知的、奇妙的方程式——即使在最眼熟的日常用品上也看得见。

打个比方吧！今天早晨我在建造"整体号"的船坞，突然间就看见了：车床；调节器球体闭着眼睛在运转，对周遭一切浑然不觉；曲柄闪烁着，左右摇晃；平衡桁得意地摆动肩膀；冲模插床的钻头随着无声的音乐跳上跳下。刹那之间，在淡蓝色阳光照耀下，我看见了这场壮观的机械芭蕾之美。

紧接着，我问自己：为什么觉得美？为什么舞蹈会美？而答案是因为那不是自由的动作，因为舞蹈的深奥意涵就在于全然地服从美学，就在于理想中的非自由。假如说我们的祖先真的在生活中最欣喜的一刻（宗教仪式和阅兵典礼）会手舞足蹈的话，那也只有一个意思：非自由的本能早在无法追溯的年代就根植在人类心中，而我们，在我们目前的生活里，只是有意识地……

我得先停笔了，显示器响了。我抬头看：果然是O-90。半分钟不到她就会到了，邀我去散步。

亲爱的O！我老是觉得她是人如其名：比母性标准矮了十公分左右，整个人显得圆滚滚的，再配上那粉红色的O——她的嘴；我每讲一句话，那粉红色的O就张开来。还有她手腕上肥肥的肉褶子，就跟婴儿一样。

她进来时，逻辑的飞轮仍在我心中全速滚动，完全是惯性使然，我才能开口跟她说起我刚建立的公式，涵盖一切的公式——舞蹈，机械，以及我们每一个。

"很妙吧？"我问道。

"对，很妙。"O-90朝着我露出红润的笑脸。"春天来了。"

噢！拜托。春天……她竟然在谈春天。女人啊……我陷入了沉默。

楼下的大街人来人往。这样的季节，下午的私人时间都花在

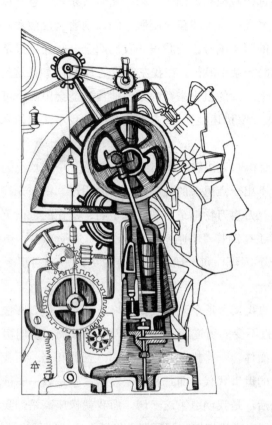

　　车床；调节器球体闭着眼睛在运转，对周遭一切浑然不觉；曲柄闪烁着，左右摇晃；平衡桁得意的摆动肩膀；冲模插床的钻头随着无声的音乐跳上跳下。

额外的散步上。一如往常，乐坊的喇叭播送着"一体国进行曲"，号民走路都排成横列，四个一列，随着音乐走得意气风发——成千上万的号民，身穿浅蓝色制服，胸前别着金色徽章，徽章上有每个男女的国家编号。而我——我们四个——只不过是这条巨河中数不完的一朵小浪花。在我左手边是 O-90（如果这是由一千年前我某个毛茸茸的祖先来写的话，他很可能会用那个可笑的称呼"我的女人"来描述她），我右手边是两个我不认识的号民，一男一女。

天空蓝得叫人快慰，小小的太阳在每一个胸章上闪耀，一张张脸上看不出一点思考的疯狂所投下的阴影。……光线你懂我在说什么吗？万事万物都是由某些单一的、发光的、微笑的物质所构成的。还有铜管"嗒嗒嗒""嗒嗒嗒"地演奏着，仿佛黄铜阶梯在日光下闪烁，每一阶都把你带得更高，攀向那令人目眩的蓝天……

此刻的我又像是今天早晨在船坞一样，看什么都像是第一次看：那笔直不变的街道，人行道那闪烁的玻璃，透明房舍那神圣的平行六面体，一排排灰蓝色队伍那方正的和谐。而我感觉到不是我之前的世世代代，而是我——没错，就是我——征服了旧上帝和旧生活，是我创造了这一切。而我就像座高塔，我连手肘都不敢动一下，唯恐墙壁、圆顶阁、机械会在我四周崩毁粉碎。

接着，跳过了好几个世纪，从正到负。我想起了（显然是对比产生的联想），我猛然间想起了从前在美术馆看过的一幅画：画的是二十世纪的一条街道，混乱得教人眼花，拥挤的人群、车辆、动物、海报、树木、色彩、鸟类……听说这些东西真的存在过——可能存在过。这简直是太不可能，太没有常识了，我实在忍不住，

　　一如往常，乐坊的喇叭播送着"一体国进行曲"，号民走路都
排成横列，四个一列，随着音乐走得意气风发——成千上万的号民，
身穿浅蓝色制服，胸前别着金色徽章，徽章上有每个男女的国家
编号。

扑哧一声笑了出来。

我的笑声一响，立刻传来回音，来自我的右边。我转过去：一抹白光闪过——是出奇白皙锐利的牙齿，属于一名陌生的女性脸孔。

"对不起！"她说，"可是你看着四周的表情是那么兴致勃勃，就像是某个神话传说里创造了世界之后第七天的上帝。我觉得你似乎是以为连我都是你一手创造出来的，我当然是感到受宠若惊啦……"

这番话说得一丝笑容也没有，我甚至敢说其中还隐含着某种敬意（也许她知道我是"整体号"的建造人）。不过在她眼中，也可能是在她的秀眉上——我分辨不出来——倒是出现了一个陌生的、令人着恼的 X，我参不透是什么意思，没办法用数字去定义。

也不知是为了什么，我竟感到发窘，期期艾艾地想跟她用逻辑来解释我为什么发笑。很简单，我说，这个对比，这个现代与过去无法跨越的鸿沟……

"为什么说无法跨越呢？"（哇，那口牙可真是白啊！）"鸿沟上方架座桥不就跨越了吗？你想想吧，像鼓啊、军营啊、行伍什么的也都是存在过的啊，所以……"

"说得好！"我大喊一声（真是惊人的巧合：她几乎是帮我说出了我要说的话，我在散步之前写下来的想法）。"你知道，就连想法都曾经存在过呢。而这是因为没有人是独一的，我们都只是其中之一。我们大家都极其酷似……"

她说："真的吗？"

我看见她的眉毛挑到了太阳穴上，成了一个锐角，就跟 X 字母的小犄角一样，这一次又是搞得我茫然失措。我瞧瞧

　　我看见她的眉毛挑到了太阳穴上，成了一个锐角，就跟 X 字母
的小犄角一样，这一次又是搞得我茫然失措。

左右，而……

在我右边——她苗条挺拔，柔顺得不得了，像一条鞭子，I-330（我现在看见她的名字了）；在我左边——是截然不同的 O，浑身上下都是圆弧，手腕上还有婴儿似的肉褶；而在我们这排的尾端是一名我不认识的男性——怪里怪气的，不但是弯腰驼背，而且好像连下半身也跟着弯，活像是 S 字母。我们四个一点相似的地方也没有……

我右手边那个 I-330 仿佛是拦劫了我慌乱的视线，叹口气说："是啊……唉！"

说真的，这声"唉"可叹得真是时候。可是她脸上的表情，也可能是她的语气，又像是在说什么……我突然用很少见的尖锐语气说："没有什么好唉的。科学在进步，很显然就算不是现在，再过个五十、一百年……"

"就连每个人的鼻子……"

"对，"我几乎是用吼的了，"鼻子。如果真的有嫉妒的理由的话，不管是什么理由……要是我长了一个塌鼻子，另一个人……"

"哦！你的鼻子，套用旧时代的说法，长得很'古典'。可是你的手……我们来看看，我们来看看你的手。"

我最受不了让别人看我的手，毛茸茸的，愚蠢的隔代遗传。我伸出一只手，尽可能漠不关心地说："一只猩猩的手。"

她看着我的手，又看着我的脸。"真是耐人寻味的组合。"她用眼睛衡量我，活像是放在天平上称，而她眉梢又翘起了两个小犄角。

"他是跟我登记在一块的。" O-90 红润的嘴唇张开来，带着急切和喜悦。

我真希望她没开口，这会儿说这话未免太没头没脑了。整体来说，这个亲爱的O……我该怎么说呢……她的舌头老是在不该动的时候动；舌头的速度应该要比思考的速度慢个几秒，绝对不能反其道而行。

大街尽头蓄电塔上的钟敲响了十七下，私人时间结束了。I-330跟那个S形男性号民离开了。也不知为什么，他那张脸让人见了会肃然起敬，这会儿也似乎熟悉了许多。我必然是在哪儿见过他，可是是在哪儿呢？

临行前，I-330又挂着她的X笑容说："后天到一一二演讲厅来。"

我耸耸肩说："要是我被指派到那间演讲厅的话……"

而她却不知为什么很笃定地说："你会的。"

这女人让我感觉很不愉快，就像是一个方程式里冒出了一个解不开又莫名其妙的数。我很高兴至少可以和亲爱的O独处个几分钟。

我们手挽着手穿过了四条街，到了转角，她得右转，我得左转。

"我很想今天去找你，放下百叶窗。今天，现在……"O怯生生地抬起浑圆、蓝晶晶的眼睛看我。

她真是好笑！我还能怎么说呢？她昨天才来过，她也跟我一样清楚我们下一次的"性交日"是后天。这又是一次她那种"说话跑在思考前头"的老毛病——就跟偶尔发动机提前打火一样（有时候可是有害的）。

分手之前，我吻了她可爱的蓝眼睛，碧蓝蓝的，一点云朵也没有，我吻了两次——不，我还是精确一点——三次。

札记三

提纲：大衣
　　　墙
　　　作息表

　　我刚把昨天写的东西看了一遍，发现我没能把自己的意思表达得够清楚。当然啦！我们随便哪个人看都能看得懂，但是对于你们，对于你们——这些"整体号"会把我的札记带给你们的这些不知名读者来说，你们也许刚读到我们的祖先在九百年前写下的文明志那一页，说不定你们就连像"作息表""私人时间""母性标准""绿墙""造福者"这类最基础的东西都不知道。要我来解释这些东西我觉得是既荒唐又困难，很像是要一个二十世纪的作家在他的小说里解释什么是"大衣""公寓""妻子"。可要是他的小说得翻译给野蛮人看，他又怎么能不解释"大衣"是什么意思呢？

　　我相信野蛮人会看着"大衣"心里想："那是干什么用的？不过是个累赘罢了。"我觉得在我告诉你们自从两百年战争发生过之后，我们就没有一个人越过绿墙，你们也会有一模一样的反应。

可是，我亲爱的读者，一个人总得要思考，起码得动动脑。思考是很有用的。毕竟，就我们目前所了解的，整个人类历史就是一部变迁史，记录人类从游牧变迁到愈来愈安定的生存形态。所以最安定的形态（我们的）难道不就是最完美的生存形态（我们的）吗？人类唯有在史前时代才会从地球的一端忙忙碌碌赶到另一端，接续而来的是建立国家，发动战争，商业贸易，发现各式各样的美洲新大陆。可是现在谁还需要那个？何必呢？

我承认，我们这种安定的生存习惯并不是信手拈来的，也不是一蹴可及的。在那场两百年战争中，所有的道路都破坏殆尽，荒草蔓生——起初住在都市中，各城市因为绿色丛林而无法往来，必然显得极度不方便。可是那又怎么样？在人类没有了尾巴之后，他必然花了一番手脚才学会不用尾巴驱赶苍蝇，一开始他当然是会想念他的尾巴。可是现在呢？你能想象自己拖着一条尾巴吗？还是说你能想象自己在大街上一丝不挂，连件大衣也不穿（我特意用大衣，是因为你们现在很可能仍旧是穿着大衣到处游荡）？我也是这样子：要我就想象不出没有绿墙屏障的城市会是什么样子，我就想象不出来没有作息表上的数字规范会是什么样子的生活。

作息表……就在这一刻，从我房间墙上，它紫色的数字衬着金色的底色，既温柔又严厉地瞪着我的眼睛。我的心不由自主地转向远祖所谓的"图腾"，我渴望要赋诗或祈祷（两者其实是一样的）。噢！我为什么不是诗人？如果我是诗人，我就能贴切地赞颂作息表，一体国的心脏与搏动！

我们在做学生的时候都读过（说不定你们也读过）远古时代

流传下来最伟大的文学作品：《火车时刻表》。不过拿它来和我们的作息表比较，就如同拿石墨与钻石比较一样：两者都含有基本的元素——碳，然而钻石是多么的透明，多么的永恒，多么的璀璨啊！有谁在急匆匆翻阅着《火车时刻表》时呼吸不会加快？可是我们的作息表啊！它把我们每一个都转化成一个钢铁的数字，一个壮阔史诗中的六轮英雄。每天早晨，以六轮的精准，在同一小时，同一分钟，我们——上百万的我们——整齐划一地起床。在同一个小时，上百万颗头一起上班，最后也是百万颗头一起下班。接着，融入了一个百万只手的身体，在同一秒钟，按照作息表的分配，我们举起汤匙就口。在同一秒钟，我们出门散步，走向演讲厅，走向大厅去做泰勒运动，再一齐沉沉入睡……

我要在这里坦白：就连我们都还没找出一个绝对的、精准无比的方法来解决幸福的问题。一天两次，从十六点到十七点，以及从二十一点到二十二点，单一巨大的有机体分散成个别的细胞，也就是作息表分配的私人时间。在这几个钟头里，你们会看见有些房间的百叶窗略略拉下；有人则会以整齐的步伐走在大街上，仿佛是在攀爬那进行曲的铜管音阶；还有些人，比方说此刻的我，则伏案书写。可是我很自信——你们可以说我是个理想分子兼梦想家——我很自信迟早我们会把这些私人时间也嵌入一般的公式中。将来有一天，这八万六千四百秒也会归纳到作息表里头去。

我读过也听说过许许多多不可思议的事情，都是关于那些人类仍活在自由，亦即是缺少组织、野蛮状态中的年代。而对我来说，其中最叫人不能相信的是当时国家的统治阶层——无论是多么的发育不全——竟然可以允许人民那样地生活下去，没有我们的作息表，没有强制散步，没有一丝不苟的用餐、起床、就寝时间，而是由着他们爱怎么样就怎么样。有些历史学家甚至说古代的街灯是一整晚亮着的，而夜晚无论什么时候都有人在街上走路开车。

我尽力去理解，就是理解不了。无论他们的智能如何地有限，他们总该懂得那样的生活根本就是大屠杀嘛——就算是慢性的屠杀，还是屠杀啊！国家（人道主义）禁止杀害个人，却不禁止日复一日凌迟百万之众。杀害一个人，换句话说，是减少了人类整体寿命五十年，这叫犯罪。可是减少了人类整体寿命五千万年却不算犯罪，这不荒唐吗？今天，随便哪个十岁小孩都能在三十秒以内解决这一个数学上兼道德上的问题。而他们，把他们所有的"康德"都凑在一块也解决不了这问题（因为那些康德都没想到要建立一个科学伦理学体系，也就是根植于加减乘除的伦理学）。

再说到国家（它还有脸自称国家！），竟然对性生活完全放任不管，这还不够离谱吗？随他们爱什么时候做就什么时候做，爱做几次就做几次……简直是一点也不科学，跟动物没两样。而他们也跟动物一样盲目地生育他们的下一代。他们懂得农业、养殖家禽、养殖鱼类（我们有确切的资料证明他们具备这些知识），可是却爬不上逻辑梯子的最高一层——生养孩子；建立不起来像我们一样的母性和父性标准，这还不荒谬可笑吗？

这事实在是太荒唐，太离奇了，只怕你们，我不知名的读者，会以为我是在跟你们开恶意的玩笑；只怕你们会认定我只是在嘲弄你们，故意板着一张正经八百的脸跟你们胡说八道。

先声明，我这人根本就不会开玩笑，因为每个玩笑都隐含谎言。再者，我们的一体国科学认定古代人确实是这样生活的，而我们的国家科学从来就没有出错过。更何况，如果人类还活在自由的状态——动物的状态、猿猴的状态、兽群的状态——国家逻辑又要从何而生呢？对他们能强求什么呢？我们自己的时代都还偶尔会有猿猴似的野性回音从下方某些毛茸茸的深处冒出来呢！

幸运的是，这只有在极罕见的情况下才发生过；幸运的是，那只是小部分故障，轻易就能修复，不会阻碍了整架机器永恒的、宏伟的运动。而为了要排除弯曲的螺丝钉，我们有造福者那只灵巧的、沉重的手以及观护人那几双经验老到的眼睛。

走笔至此，我突然想起来了。昨天我见到的那个号民，弯得像 S 的那个——我想我曾见过他从观护人公所里出来。这下子我明白为什么会一见他敬意就油然而生了，我也明白为什么 I-330 在他面前说话总多了股别扭……我得承认，这个 I-330……

就寝的钟声响了：二十二点半了。留待明天再写吧。

札记四

提纲: 有气压计的野蛮人

癫痫

如果

迄今为止，生命中的大事小事对我来说都是清清楚楚的（也就难怪我对"清楚"这一词似乎是情有独钟了）。但是今天……我却弄不懂是怎么回事。

首先，我真的收到通知，要我到一一二演讲厅去，跟她说的一样。这样的概率是：

$$\frac{1500}{10000000} = \frac{3}{20000}$$

（1,500 是演讲厅的数量，10,000,000 是号民的总数）。

其次……我还是依照先后次序把今天的事讲一遍吧！

演讲厅是一间宽敞、阳光充足的半球形玻璃巨型建筑，一圈圈座椅上只见一个个剃得精光的圆球似的脑袋。我四下扫视了一圈，心里微觉忐忑。我觉得我是在一片蓝海似的制服中寻找一个红润的弧——O甜美的双唇。某人又白又利的一口白牙，就像……不，不是那样的。今天晚上二十一点O会来找我，很自然我会希望在这里见到她。

钟声响起。我们大家起立，高唱一体国国歌。随后语音讲师的声音从台上传来，金色的扩音器闪闪发亮，机锋诙谐也不遑多让。

"受敬爱的号民们！我们的考古学家在最近挖掘出了一本二十世纪的书，讥诮的作者说了一个野蛮人和气压计的故事：野蛮人注意到每次气压计指着'下雨'，那天就真的会下雨。因为他真的希望老天下雨，所以他想办法把水银给抠掉了一些，让水银柱一直停留在'下雨'的那格。"（屏幕上出现了一名野蛮人，披着羽毛，把水银给抠出来。哄堂大笑声。）"你们都在笑，可是难道你们不觉得当时的欧洲人比这还要更荒唐可笑吗？就跟这个野蛮人一样，欧洲人想要下雨，大写的雨，代数上的雨，可是他们只像只软趴趴的落汤鸡一样呆站在气压计前面。这个野蛮人起码比他们有勇气，有精神，有逻辑，虽然是原始的逻辑。他总算是发现了因果之间的关联，抠出水银他就朝伟大的道路迈出了第一步……"

就在这时（我重复一遍，我的札记内容毫无隐瞒）——就在这时扩音器里强力放送的声流似乎钻不进我的耳膜，我心里突然涌上了一股感觉，觉得自己来这里是多此一举（为什么说"多此一举"呢？而且我既然被指派到这里来，又怎么能不来呢？）；眼前一切似乎都是空无的，只不过是空壳子。后来，费了一番力气我设法把注意力调回来，语音讲师已经说到他的主题了：我们音乐的、数学的组合（数学为因，音乐为果）。他正在描述新近设计出来的音乐机。

"只要转动这个把手，你们随便哪一个都可以在一个小时之内创作出三首奏鸣曲。想想看，同样的创作要耗费你们的祖先多少的精力！他们只有在把自己鞭笞到'灵感'发作——某种未知的癫痫——的时候才有能力创作。这里有一个很有趣的例子，让你们看看他们制造出什么玩意来：斯克里亚宾[1]，二十世纪。他们把这个黑盒子，"台上的布幕分开，露出了最古老的乐器，"叫作大钢琴，或'皇家'乐器，由此可见他们整体的音乐有多么的……"

这时我又不知神游到哪里去了，也许是因为……没错，我就实话实说吧！是因为她，I-330，走向了那个"皇家"盒子。我猜我只是因为她猝然出现在讲台上而吃了一惊。

她穿着古代纪元的奇妙服装：一件贴身低胸的黑色连身裙，把她光裸的肩膀衬托得分外雪白，而她的胸部，笼罩着温暖的阴影，随着她的呼吸颤动，介于……还有那耀眼的，几乎是愤怒的牙齿……

她朝我们底下的人一笑，我就像被咬了一口。接着她坐下来，开始弹奏。野蛮、痉挛、驳杂，一如当时的整体生活——不见一丝一毫的理性机械方法。当然，我四周的人都是对的，他们都笑了，只有少数人……可为什么连我也……我？

是了，癫痫，一种精神的疾病，痛苦……舒缓的、甜蜜的痛苦——像给咬了一口——可是你却还想要被咬得再深一点，再痛

---

[1]　斯克里亚宾（A. N. Scriabin, 1872—1915）为俄国作曲家，是俄罗斯音乐家中第一位真正的现代主义者。

　　一件贴身低胸的黑色连身裙，把她光裸的肩膀衬托得分外雪白……她朝我们底下的人一笑，我就像被咬了一口。接着她坐下来，开始弹奏。野蛮、痉挛、驳杂，一如当时的整体生活——不见一丝一毫的理性机械方法。

一点。接着，太阳渐渐升起了。不是我们的太阳，不是那泛着蓝光的、澄澈的，甚至会穿透玻璃砖的太阳，不是的。那是狂野的、急躁的、灼热的骄阳，一瞬间你的衣物都脱掉了，每一件都撕成了碎片。

我旁边的号民瞧了瞧左边，盯着我，从鼻腔冷哼了一声。不知是怎么回事，我拂不去一个鲜明的记忆：一个小小的唾液泡泡从他的嘴角边冒出来，爆破掉。这个泡泡让我清醒过来，我又恢复了正常。

和其他人一样，现在我的耳中只听见乱七八糟又急促的敲击，我笑了出来，感到一阵松弛。一切都很简单。聪明的语音讲师呈现了一个太过生动的原始时代图片，就是这样。

稍后我是多么沉醉地聆听我们现在的音乐啊（安排在课程的最后，以兹对照）！那无限级数时而收敛，时而分散，发出水晶般清澈的半音拍子，那泰勒[1]和麦克劳林[2]公式合成的和弦，那"毕达哥拉斯裤"[3]方正、沉重的全音拍子，那衰减震颤运动的忧郁旋律，那与许多休止符组成的夫琅和费谱线[4]交互变换的明快节拍——有如行星的光谱分析……多么的壮丽啊！多么无懈可击的逻辑啊！而古人那杂乱无序的音乐又是多么可悲啊！被一种疯狂的幻觉所宰制……

一如往常，我们从演讲厅宽敞的几扇门鱼贯走出去，四个人

---

[1] 泰勒（Brook Taylor, 1685—1731）是英国数学家，以导出泰勒级数而闻名。

[2] 麦克劳林（Colin Maclaurin, 1698—1746）是苏格兰数学家及物理学家，在数学和物理学两个领域中都发展了牛顿的理论。

[3] 这是对毕达哥拉斯的勾股定理的戏称。

[4] 夫琅和费（Joseph von Fraunhofer, 1787—1826）是德国光学家，发现太阳光谱中的黑线。

一排。那个眼熟的、上下都弯曲的人一闪而过，我毕恭毕敬朝他鞠躬。

一个小时之内 O 就要来了，我的心情是愉快又有益的兴奋。回到家，我急匆匆跨入管理站，交出我的粉红配给券，接收允许我放下百叶窗的许可证，这是只有在性交日才能享有的权利。其他时候我们住在仿佛发光空气构成的透明墙后——我们总是一览无遗，总是沐浴在光线下。我们凡事都不需要隐藏，再者这样也能让观护人更轻松地执行他们困难的、高贵的任务。因为若非如此，谁知道可能会出什么差错！说不定就是古人那种奇怪的、混沌的居处孕育了他们那种鸽子笼心理。"我的（sic！）[1] 家就是我的城堡。"什么怪观念嘛！

二十二点，我放下了百叶窗，也在同一个时间，O 走了进来，微微有点喘不过气来。她送上粉红的嘴唇和她的粉红配给券，我撕下了票根——却离不开她那粉红的双唇，一直流连到最后一秒——二十二点十五分。

稍后我让她看我的"札记"，说起了（我认为我说得相当不错）方形、立方、直线之美。她用那迷人的粉红色专注地倾听着，突然间，那蓝蓝的眼眸落下了一颗泪珠，接着第二颗，第三颗，就落在摊开的书页上（第七页）。墨水糊掉了，我得把这页重誊一遍了。

"亲爱的 D，如果你——如果……"

"如果"什么？如果……她又要老调重弹什么孩子的事了吗？或是什么新的事情……比方说是……说是另外那个？可是这也太……真是的，这也太荒谬了。

---

[1] 引用可疑或谬误的原文时，在引用文句后所加的记号。

札记五

提纲：方形
　　　世界的主宰
　　　愉快又有用的函数

　　我又搞错了。我又跟你们说话，我不知名的读者，好似你们……好似，这么说吧，好似你们是我的老朋友 R-13。他是位大诗人，长了一双黑人的厚嘴唇——人人都知道他。可是你们是在——月球上、金星上、火星上，还是水星上？谁知道你们在哪儿？又是些什么人？

　　来，想想看，有个方形，活生生的、美丽的方形。再想象它必定会告诉你它自己的事，它的生活。你懂吧，一个方形是不太可能会想到要告诉你它的四个角都是相等的：这对它来说已经是再自然不过、再普通不过的事了，所以它压根不会意识到这件事。我也是同样的情况：我发现自己总是在这个方形的位置里，就拿粉红配给券以及跟它有关的事来说吧，对我而言，这事就跟方形有四个相等的直角一样地自然，但是对你们来说，却可能是比牛顿的二项式定理还要深奥的谜题。

有位古代的哲人倒是说了一句至理名言——当然是凑巧，而不是因为他睿智过人——"爱情与饥饿主宰世界"。由是：要征服世界就必须征服世界的主宰。我们的祖先成功了，以沉重的代价征服了饥饿；我说的是两百年战争——城市与乡村之间的战争。原始的农民，或许囿于宗教偏见，顽固地抓着"面包"[1]不放。但是在一体国成立前三十五年，我们目前的食物，一种石油的产物，发明出来了。不错，大战之后世界人口只剩下了十分之二，可是在清除了千年的污秽之后，地球的面貌变得多么的亮泽鲜丽啊！那个存活下来的十分之二在一体国闪耀的宫殿中品尝到了幸福的极致。

然而，幸福和嫉妒难道不是快乐这个分数的分子和分母吗？如果嫉妒的理由仍然残存在我们的生活中，那么两百年战争的无数牺牲岂不是白白地浪费了？可是嫉妒仍然残存着，因为还是有"塌鼻子"和"古典鼻子"（我们在散步时的谈话），还是有很多人在寻寻觅觅某人的爱情，还是有很多人他们的爱情没有人稀罕。

想当然了，征服了饥饿（代数上的征服，也就是外在福利的总和），一体国又着手攻击另一个世界的主宰——爱情。而最后这一个自然力也臣服了，也就是组织化了，纳入数学的秩序了。大约三百年前，我们那具有历史意义的《性法典》公布了："号民对任一号民都如对性商品一般享有权利。"

自此之后一切都只是技术层面上的问题了。你先在性部门接

---

[1] 这个词流传下来只是用作诗歌上的暗喻，对于这物质的化学成分我们并不了解。——作者注

受严格的检验，判定你血液中的性荷尔蒙含量多寡，接着给你一张量身定做的性交日历，之后，你宣布在性交日希望能使用某某号民（或号民们），你会收到一本配给券（粉红色的），这件事就搞定了。

很显然这一套做法让嫉妒的理由完全消失了。快乐分数的分母变成了零，而分数变成了一个无限大的数。所以对古人而言是造成无数愚蠢悲剧的罪魁祸首，在我们这个有机体的手里却成了和谐的、愉快的、有用的函数，就和睡眠、肢体劳动、进食、排泄等等功能一样。由此可见伟大的逻辑力量能够净化它碰触过的每件事物。啊！要是你们，我亲爱的读者，也来了解这个神圣的力量，要是你们也来学习并终生不渝地跟随它，那该有多好！

也真奇怪……我今天记下的是人类历史上的最高峰；我一直呼吸着纯净的思想高山空气，可是在我心中却不知怎的覆着云影，长了蜘蛛网，投射了一道奇怪的、有四爪的 X 阴影。还是说那是我自己毛茸茸的爪子？而且是因为那只毛茸茸的爪子一直在我眼前？我不喜欢谈我的手，我也不喜欢我的手：那是野蛮时代的遗毒。难道说我心底深处真的有……

我想要把这一切都删除，因为这部分超过了我预拟的提纲，但是考虑之后我又决定留下。就让我的札记和最敏感的地震仪一样，把我脑中最不显眼的震动也记录下来，因为有时就是类似的震动变成了预警……

可是这太离谱了，这段话真的应该涂掉：我们已经疏浚了所有的自然力，不可能会有灾难产生的。

我这下子完全明白了，我心中的奇异感觉其实还是我刚才描述的方形位置的结果。那个乱人心境的 X 也不在我心里（不可能在），那只是我在恐惧有些 X 会残存在你们——我不知名的读者的心里。不过我有信心你们不会太过严厉地评断我，我有信心你们会了解要我写作比人类历史上任何作者写作都要来得困难。有些人为同时代的人而写，有些为后代子孙而写，可是没有一个人为祖先而写，或是为某些类似他原始、久远的祖先的人而写。

札记六

提纲：意外事件
　　　可恶的"很显然"
　　　二十四小时

我重申：我把"事无不可对人言"奉为圭臬。因此，尽管遗憾，我仍然必须记下，即使是在我们这里，生活硬件化、透明化的过程仍然尚未完成，距离理想境界还有几道阶梯必须攀登。我们的理想（很显然）是那种什么也不会发生的状态。可是现在……唉，今天《一体国官报》宣布后天在立方广场将会有一场庆祝正义的集会，也就是说，有些号民又扰乱了伟大的国家机器运转，又一次发生了无法预见、无法预先计算的意外。

另外，我也发生了意外。是的，事情发生在私人时间里，也就是无法预见的状况尤其容易出现的时候。然而……

约莫十六点的时候（精准一点说是差十分十六点），我在家里，突然电话响了。一个女声说："D-503？"

"是。"

"你有空吗？"

"有。"

"我是 I-330。稍后我会来拜访——我们一起到古屋，可以吗？"

I-330……这女的让我既恼火又讨厌，简直还让我害怕，但这也是我会说"可以"的原因。

五分钟后我们已经上了飞车，那湛蓝色像是马加利卡陶[1]的五月天空，明艳的太阳追在我们后面，既不落后也不超前。而在我们前方却是一朵白云，白得和白内障一样，怪里怪气的，胖鼓鼓的，像古代丘比特的脸颊，教人有些莫名的不安。我们飞车的前窗开着，风吹干了嘴唇，你不由自主老是在舔嘴唇，而且一路上满脑子想的都是嘴唇。

这时远处出现了模糊的绿块——在那外面，绿墙之后。一颗心迅速地、轻轻地往下沉——下沉、下沉、下沉——仿佛是由陡峭的山上下来。我们抵达了古屋。

古屋这栋怪异的、脆弱的、看不穿的建筑完全被一张绿壳给覆盖住，若非如此，古屋早在许久之前就分崩离析了。玻璃门前有个老妇，满脸的皱纹，尤其是那张嘴，嘴唇向内凹陷，只看见皱褶，倒像是不知怎的两片嘴唇长到了一块，教人怀疑她是不是还能开口说话，不过她还是开口了。

"小乖乖，你们来看我的小房子是吧？"说着皱纹豁然开朗（她的皱纹会自己呈辐射状，制造出"微笑"的印象）。

"对，老婆婆，我想再看一次。"I-330 说。

皱纹微笑。"好大的太阳啊！嘿嘿，你这小鬼灵精！我知道，

---

[1] 马加利卡陶器是多彩而装饰繁复的一种意大利原产陶器。

　　五分钟后我们已经上了飞车，那湛蓝色像是马加利卡陶的五月天空，明艳的太阳追在我们后面，既不落后也不超前。这时远处出现了模糊的绿块——在那外面，绿墙之后。

我知道！好吧，你们自己进去吧，我待在这儿晒太阳……"

嗯……我的同伴想必是这儿的常客。我有种强烈的欲望，想要甩掉什么，讨厌的什么东西：很可能是那同一个挥之不去的视像——光滑湛蓝的马加利卡陶上的一朵云。

我们步下宽敞黑暗的楼梯，I-330 说："我很爱她，那个老太太。"

"为什么？"

"说不上来，可能是因为她的嘴，也可能什么原因也没有，就是无缘无故喜欢。"

我耸耸肩。她往下说，似笑非笑："我觉得非常惭愧。很显然不应该有什么'就是无缘无故喜欢'，而应该是'因为什么缘故所以喜欢'。所有自然的冲动都该……"

"很显然……"我才开口立刻警觉，偷瞧了 I-330 一眼，不知她注意到了没有。

她正俯视着某处，眼睑半垂，仿佛百叶窗。

我想起了晚上的时光，大约二十二点那时。沿着大道走，在众多明亮透明的方格中会看见漆黑的方格，放下了百叶窗，而在百叶窗后……她那两扇眼睑后藏着什么？她今天为什么打电话来？找我来这里又是做什么？

我打开一扇沉重、吱嘎叫、不透明的门，我们进入了一间阴沉沉、杂乱无章的地方（他们称之为"公寓套房"），和那个"皇家"乐器一样奇怪——也和那狂野、缺少章法、疯狂的音乐一样——里头塞满了五颜六色、各式各样的东西。头顶上是一块白色平坦区域，暗蓝墙壁，红、绿、橙三色封面的古代书籍，黄铜枝形烛台，一尊佛像，家具线条好似癫痫发作，完全无法用方程式来统合。

我真受不了这样的乱七八糟，但我同伴这个有机体显然比我强健。

"这是我最喜欢的……"她突然像是回过神来，露出咬人似的笑容，锐利的白牙闪着光芒。"我的意思是，正确来说，这是他们的'公寓套房'里最不成体统的一间。"

"说得更精确一点，"我纠正她，"是他们的国家，上千个极微小的、争战不停的国家，残忍无情，就像……"

"当然，这是很明显的……"她说，一派的正经。

我们穿过一个房间，里头有幼儿的床铺（古代的儿童也是私人财产）。接着是更多房间，闪亮的镜子、暗沉的衣柜、俗丽不堪的沙发、一座大"壁炉"、一张桃花心木大床。我们现代的——也是美丽的、透明的、永恒的——玻璃，只能在这儿的可怜小窗格上看见。

"想想看！他们'无缘无故'地喜欢燃烧，受苦……"（她又垂下了眼睑）"对人类的精力真是一种愚昧又莽撞的浪费——你说呢？"

她似乎是说出了我的心底话，说出了我的想法，但她的微笑却还是带着那个恼人的 X。在那双眼睑后她藏着心事——我不知道是什么——不过这让我的耐性快磨光了。我想找她吵架，想对她吼叫（没错，吼叫），可是我不得不同意——跟她唱反调是不可能的。

她在一面镜前停下，那一刻我只看见她的眼睛。我心里想：人也跟这些不合常理的"公寓套房"一样荒谬；人的头脑混沌不清，只开了小小的两扇窗——人的眼睛。她仿佛猜中了我的想法，转过身来。"看，我的眼睛，怎么样？"（当然是默默无声的问题。）

在我面前是两扇漆黑得令人悚然的窗户，而在窗里则蕴藏了如此神秘、相反的生命。我只看见火焰——她的壁炉在熊熊燃烧——而那形状酷似……

我在她眼中看见了我自己，这当然是很正常的事情，但是我心里的感觉却不正常，不像我（必然是因为周遭环境的压迫感太重的缘故），我真的吓着了，我觉得落入了陷阱，被囚在原始的牢笼中，被古代生活的野蛮狂风给卷住了。

"我说你啊，"I-330说，"出来到另一个房间去。"她的声音来自那儿，来自内部，来自她眼睛那两扇漆黑的小窗，壁炉燃烧的地方。

我出了房间，坐了下来，墙上的书架上有某个古代诗人的雕像，长了一个狮子鼻，五官不对称（我想是普希金），直勾勾朝着我的脸露出淡淡的微笑。我为什么坐在这里乖乖地忍受那抹笑？我为什么要费这个事？我为什么要来这里？为什么有这些可笑的感觉？都是那个恼人的、讨厌的女人，她奇怪的游戏……

墙上一扇衣橱的门关上，一阵丝绸窸窣声。我费了九牛二虎之力才没跟着走进去，而且……我记不清了——我必定是想要对她说些很不中听的话。

但她已经出来了，穿着一件旧式的杏黄色短洋装，戴着一顶黑帽子，穿着黑长袜，洋装是轻盈的丝料。我能看见袜子很长，拉过了膝盖。而她那裸露的喉咙和胸前的沟影……

"嗳，你显然是想要表现独创性，可是你难道……"

"显然，"她打断我的话，"独创性多少就是标新立异，独创性就是违反了平等。而古人语言中的'陈腐平凡'在我们这里就等于尽自己的责任。因为……"

"对，对，一点也没错！"我按捺不住了。"而且你没有理由要……要……"

她走向那尊狮子鼻诗人雕像，垂下了眼睑，遮盖了她眼中的熊熊火焰，在她的体内，她的窗后发光发热，她说了一句非常有道理的话（这一次，依我看来，她是真心诚意的，可能是想要安抚我）。"你不觉得很惊讶吗？以前的人会容忍这些人物？而且不只是容忍，还膜拜他们？真是奴性不改！你觉得呢？"

"很显然……我是说……"（又是那个该死的"显然"！）

"噢，对，我了解。不过事实上，这些诗人都是比他们那些戴着王冠的国王更强而有力的大师。他们为什么没有被孤立起来，全部歼灭呢？像我们……"

"对，像我们……"我才开口她就扑哧一声笑了起来。我用这两只眼睛就能看见她的笑：锐利共鸣的弧度，像鞭子一样的柔软。

我记得，我当时全身颤抖。只要一把抓住她，然后……我记不得那时我想做什么，可是我必须做点什么，什么都好。我机械地打开我的黄金胸章，查了查时间。再十分就十七点了。

"你不觉得该走了吗？"我尽可能有礼地问。

"要是我请你跟我一起留下来呢？"

"听着，你……你知道自己说了什么吗？十分钟内我非赶到演讲厅不可……"

"……而且所有的号民都必须要去上艺术与科学课。"她学我的声音说。接着她揭起了眼帘，抬眼看，熊熊炉火穿过漆黑的窗户直射出来。"我认识医务部的一个医生，他是和我登记在一起的。要是我问他，他可以给你一张病假单，怎么样？"

这下我终于懂了，我终于明白她这整场游戏是所为何来了。

"原来如此！你知不知道，只要是诚实的号民，我就得立刻去观护人公所报到，然后……"

"假设一下呢？"又是犀利的咬人微笑。"我很好奇，你是会去公所，还是不会去？"

"你要留下吗？"我一手按住门把，是青铜的，我也听见了自己的声音——也是青铜的。

"等一下……可以吗？"

她走向电话，打给某个号民——我太烦躁以至于没能听清楚是谁——大声说："我在古屋等你，对，对，一个人……"

我转动冰冷的青铜门把。

"我可以把飞车开走吗？"

"噢，当然啊！当然……"

外面阳光下入口处，老妇人像个植物人似的在打瞌睡。看见她那长得很密合的嘴唇张开来，仍是叫人惊讶。接着她开口了。

"你的……她一个人在里头吗？"

"对，一个人。"

老妇人的嘴又黏合了起来，摇摇头。显然即使她头脑昏聩，她仍然能够明白那个女人的行径有多荒唐、多危险。

十七点整我坐在演讲厅里，一直到了这里我才明白我对老妇人说了一句不实的话：I-330 不是一个人在那里。说不定就是因为如此——我在无意间对老妇人说谎——我才会备受煎熬，无法专心听讲。没错，她不是一个人，而这就是麻烦所在。

二十一点三十分之后，我有一个小时的空闲，我可以到观护人公所去，交上我的自白。可是在这桩毫无道理的事件之后，我觉得疲惫不堪。再者，法定的举报时间是两天，我明天再做，我还有二十四小时。

札记七

提纲: 一根睫毛
　　　泰勒
　　　山谷的莨菪和百合

　　夜晚。绿色，橙色，蓝色。红色皇家乐器。杏黄洋装。青铜佛陀，突然佛陀抬起了沉重的青铜眼皮，眼中流出树汁，一滴滴树汁流到镜面上，接着是大床，然后是儿童的床铺，再后来是我自己，随着树汁流动——还有某种奇异的、甜蜜的、致命的恐怖……

　　我猛然清醒，睁眼看见泛着蓝色的柔和灯光，闪耀的玻璃墙壁、玻璃椅子和桌子，这些让我镇定了下来，心脏不再跳得厉害。树汁、佛陀……真是乱七八糟！显然我一定是病了。我从来就没有做过梦。听说古人会做梦是完全正常的事情，可是那是因为古人的生活就是疯狂飞转的旋转木马——绿色、橙色，佛陀、树汁。然而我们却知道梦是一种严重的精神疾病。而且我知道在这一刻之前，我的脑子是一种精准无比的机制，一点灰尘也不沾。可现在……对了，就是这样：我在脑中感到了某种陌生的身体，就像是眼睛里跑进了一小根眼睫毛。你平常是不会感觉到自己的身体的，可是一旦眼睛跑进了睫毛——你就连一秒钟都没办法不去注意它……

我头上的水晶钟声清清脆脆响了起来：七点整，起床时间到了。我左望右望，在玻璃墙壁上看见了自己，自己的房间，自己的衣服，自己的动作——重复过一千次。教人神清气爽：你感觉自己是一个伟大、有力、单一整体的一分子。好一个精练的美——没有一个多余的动作，多余的圆弧，多余的转弯。

不错，这个泰勒无疑是古人中最伟大的天才。不错，他的思想并没有突破局限，没能把他的方法应用在生活的各个层面，每一步，每天的二十四小时上，他没能把他的系统从一个小时整合到二十四小时。可是，他们怎么会写了满满几图书馆的康德，却几乎没有人注意到泰勒，忽略了这位能够预见十世纪后的先知呢？

早餐用过了，一体国国歌也齐声高唱过。我们四个四个以一致的节奏走向电梯。马达嗡嗡响，声音模糊，随即快速地——下降、下降、下降，一颗心也微微下沉……

说时迟那时快，那个愚蠢的梦——或是梦的暗示功能——又浮现了。噢！没错，前天，飞车事件。不过已经结束了，句号。幸好我对她用上了快刀斩乱麻。

坐进地铁里，我加速前往"整体号"优美船身纹丝不动停泊的地方，它在阳光下熠熠生辉，还没有点火让它生龙活虎。我闭上眼睛，做着公式的梦。我再一次在脑中计算让"整体号"离开地球的起始动能，每零点一秒"整体号"就会产生变化（爆炸性燃料的消耗）。这方程式十分复杂，还包含了形而上的数值。

仿佛是在梦中——在数字构成的坚实世界中——某人在我旁边坐了下来，微微撞了我一下，说："抱歉。"

我把眼睛睁开一条缝。第一眼（联想到"整体号"），什么东西冲上了太空：一颗头——会联想到"冲"是因为那颗头的两侧各有一只很突出的粉红色招风耳，接着是那颗头后脑勺的弧度，那往下垮的肩膀——上下都弯——字母 S······

从我的代数世界的玻璃墙望出去，又是那根眼睫毛——我今天必须要做的一件不愉快的事。

"噢，没关系，没关系。"我对邻居微笑，朝他鞠躬。S-4711 这号码在他的胸章上闪烁。原来这就是我一开始会把他和字母 S 联想在一起的原因：是视觉印象，意识层却忘了记录下来。他的眼睛炯炯有神，像两只锐利的小钻子，快速转动，愈钻愈深，愈钻愈深，不花什么工夫就会钻到最底层，窥见我甚至不愿意让自己看见的东西······

我忽然在一瞬间把那根讨厌的睫毛看得一清二楚了。他也是其中之一，一名观护人，最简单不过的事就是立刻向他坦白，毫不迟延。

"你知道，我昨天去了古屋······"我的嗓子很奇怪，好像泄了气。我清清喉咙。

"哦！那太好了，那儿可以提供材料，让你得到非常有指示性的结论。"

"可是，是这样的，我不是一个人去的，我陪着 I-330，而且······"

"I-330？我真为你高兴。她是个很风趣又多才多艺的女人，她的仰慕者可不少呢！"

难不成他也是？那次的散步……会不会他是和她登记在一起的？不对，不可能，不过很显然是不能跟他谈这件事了。

"噢，对，对！当然啦，当然啦！说得是。"我愈笑愈大声，愈笑愈傻气，我感觉这张笑脸让我看来既赤裸又愚昧。

那两只小钻子触到了最底层，又快速旋转，回到了他的眼中。S给了我一抹两面光的笑容，点点头，朝出口迈去。

我躲在报纸后——我觉得人人都瞪着我看——一眨眼的工夫就把什么眼睫毛、什么钻子统统忘光了。我看到的新闻太教人泄气，把我脑海中的大事小事都驱逐了。报上只有短短的一行："根据可靠的消息来源，意图解放国家造福之轭的组织已形迹败露。"

"解放？"真是太神奇了，人性的犯罪本能竟然是那么的根深蒂固。"犯罪"是我特别选用的词。自由脱不了犯罪，正如……正如飞车的运动与其速度是息息相关的：速度若是零，飞车就静止不动；而人的自由若是零，他就不会犯罪，这可是显而易见的道理。要让人不去犯罪只有一个办法，那就是不给人自由。而现在，我们刚刚摆脱了犯罪（以整个宇宙来看，几世纪当然只不过是"刚刚"而已），偏偏就有些没脑子的人渣……

不，我不明白昨天我为什么没有立刻去观护人公所，今天，十六点之后，我一定会去。

十六点十分，我刚走出船坞，立刻就看见O在转角——对我们的相遇高兴得整个人透着粉红色。"啊！她有个简单的、圆圆的脑袋，真是幸运：她会了解的，她会支持我的……"不过，我并不需要支持，我的心意已决。

进行曲从乐坊的喇叭中和谐地传出——日日不变的进行曲。啊！这种每日的重复，恒久不变，明镜般的清晰带给人多么无上的喜悦啊!

她抓住我的手。"散步去。"又圆又蓝的眼睛对着我睁得大大的,像蓝色的窗子。我可以跨进去,不必担心会绊倒,里头什么也没有——也就是说什么多余的、不需要的东西都没有。

"不,今天不散步,我得要……"我告诉她必须要去哪里,但是让我惊愕的是,那玫瑰红的一圈小嘴抿成了一个弦,两边嘴角下垂,仿佛她尝到了什么酸溜溜的东西。我的脾气上来了。

"你们这些女性号民简直是满脑子的偏见,无可救药,完全不知道什么是抽象思考。很抱歉这么说,可是那完全是百分之百的愚蠢。"

"你要去找那些间谍……哦!亏人家还帮你从植物馆摘了山谷百合来……"

"什么叫'亏人家'——谁'亏'你什么了?女人喏!"愤怒之下(我承认)我抢过她的山谷百合。"这样行了吧,你的山谷百合?怎么样?闻闻看啊——很香是不是?你为什么连这么一点逻辑概念都没有?山谷百合味道很香,很好,可是不管说得好不好,你都没办法用语言来描述味道吧,描述味道这种概念,你不行,对不对?山谷百合有香味,莨菪有臭味:两种都是味道。古代国家有间谍——我们的国家也有……没错,间谍,我不怕说出来,可是很显然古代的间谍是莨菪,而我们的却是山谷百合,没错,就是山谷百合!"

粉红弦颤抖着。我现在才明白我错了,可是当时我真的以为她就要捧腹大笑了。所以我吼得更加大声:"没错!山谷百合。而且没有什么好笑的,一点也不好笑。"

光滑浑圆的头颅球体一个个飘过,转过来看。O轻轻挽住我的手臂。"你今天好奇怪……不会是生病了吧？"

那场梦——黄色——佛陀……我当下就清楚必须要到医务部去一趟。

"你说对了，我生病了。"我开心地喊（真是教人想不通的矛盾——并没有什么值得开心的啊）。

"那你要赶快去看医生。你最了解自己，好起来是你的责任。要是还轮到我来提醒你，那就太可笑了。"

"我亲爱的O，你说的都对，对极了！"

我没去观护人公所，我也是情非得已。我得到医务部去，一直在那里待到十七点。

到了晚上（都一样，观护人公所夜间也关闭），O来看我。百叶窗并没有放下来，我们在解决古代数学教科书上的问题：这种活动很有镇定的功效，还能帮你厘清心思。O-90俯看着教科书，头歪向左肩，舌头抵着左脸颊，模样像个孩子，好迷人。而在我心中则尽是喜悦、澄明、单纯。

她离开了。我独自一人，我做了两次深呼吸——这在睡前非常有帮助。但突然间，我闻到了不知哪里冒出来的味道，又让人心神不宁……我很快发现了味道的来源：一束山谷百合塞在我的床铺里。一刹那间，大事小事一齐飞旋起来，从最底层攀升。不，她只是无心之中留下的。好吧，我没去！可是生病又不是我自己愿意的。

札记八

提纲：无理数根
　　　三角形
　　　R-13

那是很久以前了，我还在念书的时候，我第一次邂逅 $\sqrt{-1}$。我至今记忆犹新，仿佛从时光中剪了下来：那灯火通明的球形大厅，上百颗学童圆圆的头颅，还有"不拉企"，我们的数学老师，那是我们给他取的绰号，他非常的破旧，随时都可能会解体，每次监视器把他接上，扩音器就会开始"不拉——不拉——不拉——企——企——企"地叫，叫完了才会开始一天的课程。有一天"不拉企"教我们无理数，我记得我还大喊大叫，两只拳头敲桌子，扯着嗓门尖叫说："我不要 $\sqrt{-1}$！把 $\sqrt{-1}$ 给我拿掉！"这个无理数像个什么陌生的、奇异的、可怕的东西在我体内成长，吞噬了我——是你无法理解，又不能变成无害的东西，因为它是在比率之外的。

而现在 $\sqrt{-1}$ 又来了。我刚把札记浏览了一遍，很显然我一直在闪烁其词，对我自己说谎——只为了避免看到 $\sqrt{-1}$。什么我生病了，所以才不能去，根本是胡说八道！我想去的话自然就会去。一星期之前，我很肯定我会毫不迟疑就跑去。可是现在呢？又是为了什么呢？

今天也一样，十六点十分整，我站在闪耀的玻璃墙前，头顶上公所铭牌金黄的字体散发着艳阳般纯净的光芒。透过玻璃我看见里面有一长排浅蓝色制服，一张张面孔透着光亮，像是古代教堂里的肖像灯：他们都是来此成就一桩伟大功绩的，在一体国的神坛之前献上他们的挚爱、他们的朋友、他们本人。而我，我渴望加入他们，与他们一起，却做不到。我的脚深深地嵌入了人行道上的玻璃板内，而我愣愣地站着，无法移动。

"啊！我们的数学家。在做梦吗？"

我吓了一跳。黑黑的眼睛洋溢着欢笑，厚厚的黑人嘴唇，是诗人 R-13，我的老朋友——而粉红的 O 也和他在一起。

我愤愤转身。要不是他们打扰，我想我终究会把 $\sqrt{-1}$ 连血带肉从我的身上给撕扯掉，进入公所。

"不是做梦，是在欣赏，拜托！"我不客气地回答。

"当然，当然！好朋友，说真的，你不应该是数学家，你应该是诗人才对。真的！你何不改行来当诗人算了，怎么样？这主意不错吧？我只要一秒钟就能安排好，如何？"

R-13 连珠炮似的说着，像是滔滔的洪流，唾沫星子也从他的厚嘴唇喷出来。每个"Π"都是一座喷泉；"诗人"——喷泉。

"我是知识的仆人，从前如此，将来也如此。"我皱着眉头。我既不喜欢笑话，也完全听不懂，可是 R-13 却有好开玩笑的坏毛病。

"啊！知识。你的这个知识只不过是怯懦。别说话，这是事实。

你不过是想把无限关在一道墙的后面，而且你怕极了去看墙外。没错！去看一眼，你就会闭上眼睛。没错！"

"墙是所有人类的基础……"我发话了。

R像喷泉一样把唾沫喷向我，O笑得圆墩墩的、红润润的。我只是挥挥手——你只管笑话我，我不在乎。我还有别的事情要思考，我得做点什么来抹去、来淹没那个该死的 $\sqrt{-1}$。

"何不上来到我房里？"我提出了建议。"我们可以做点数学练习。"我想着昨晚我们共度的安静时刻——也许今晚也可以这样。

O瞧了瞧R-13，又用既清澈又浑圆的眼睛看着我，两颊微微泛红，就跟我们的配给券的颜色一样。

"可是今天我……今天我是跟他一起的。"她朝R点点头。"而且今天晚上他没空……所以……"

R涂了什么的潮湿嘴唇好脾气地咕哝着："哦，我们半小时就够了，是不是，O？我不喜欢你的数学题，也许我们还是上我那儿一会吧。"

我害怕自己一个人，也许应该说我害怕和那个全新的、陌生的、碰巧跟我一样名字都是D-503的家伙在一起。所以我跟着他们去了R的地方。没错，他并不精确，没有节奏，还有一种翻转的、嬉笑怒骂的逻辑，可是我们是朋友。三年前我们一起选择了迷人的、玫瑰红的O，而这一点更让我们学生时代就建立起的交情更加牢靠。

后来到了R的房间。样样摆设都和我的一模一样：作息表、玻璃椅、衣柜、床铺。可是R一进房间就把一张椅子搬开，又搬开第二张，这一搬所有的平面都乱了，每件东西都脱离了设定的比例，打乱了欧氏几何定理。R永远都是老样子。在泰勒定律和数学课上，他永远是班上的垫底。

我们回忆老"不拉企"，我们这些男生会把他的玻璃腿贴满感谢的小纸片（我们都很喜欢他）。我们回想我们的法律指导员[1]，这个法律指导员有格外雄浑的声音，就仿佛是阵阵强风从扩音器里吹出来——而我们这些学童就跟着他扯开喉咙念课文，吵得可以震破耳膜。我们也回想了胆大的R-13有一次把他的扩音器塞满了嚼碎的纸，所以每一课都会伴随着雪球乱喷。R当然是受罚了，他的行为当然不对，可是我们现在却笑得很开心——我们这个铁三角——而且我承认，我也笑得一样开怀。

"如果他是活的人呢？像古代的老师一样？那样的话难道不会……"厚厚的嘴唇喷出一连串的话。

阳光从天花板、墙壁透进来；太阳从头上、四边，从底下反射上来。O坐在R的大腿上，一滴滴的阳光在她的蓝眸中闪耀。我觉得暖烘烘的，恢复了精神。$\sqrt{-1}$蛰伏了下去，不动了……

"你的'整体号'怎么样了？我们很快就要出发去教育其他星球上的居民了吧？你的动作最好快点，否则我们这些诗人会写出太多东西，到头来你的'整体号'恐怕连升空都会成问题。每天从八点到十一点……"R摇头，抓了抓脑门。他的后脑勺就像是个方形的手提小旅行箱，把手长在后面（叫我回想起一幅古画《马车内》）。

"你也在为'整体号'写东西吗？"我很有兴趣，"写什么？

---

[1] 当然他的主题不是古人称的"宗教法"或"神法"，而是一体国的法律。——作者注

比方说今天？"

"今天，什么也没写。我在忙别的……"他的"别"字又朝我喷唾沫。

"忙什么？"

R 咧咧嘴："这个嘛！好吧，你要是想知道的话，是一桩判决。我把一桩判决写成了诗。有个白痴，也是我们诗人里头的一个……有两年他坐在我隔壁，一切好像都没有问题，后来也不知是怎么回事，他突然说：'我是天才，天才，不受法律管辖。'写了一大堆乱七八糟的东西……哎！不提也罢……"

两片厚唇松松地垂着，眼中的漆光消失。R-13 跳了起来，转过身，瞪着墙外某处。我盯着他那锁得严严密密的小旅行箱，心里想他在他那个小小箱子里翻寻些什么？

怪别扭的一刻，不对称的沉默。我不清楚问题出在哪里，但就是有什么地方出了岔子。

"幸好，那些莎士比亚啦、陀思妥耶夫斯基啦等等的太古时代都已经过去了。"我说，特意说得很大声。

R 转过来看着我。他说话仍旧是像喷雾一样，但我却觉得他眼中那快乐的亮光不见了。

"对，我亲爱的数学家，幸好，幸好，幸好！我们是最快乐的等差中项……就像你们数学家的说法，从零到无限大的积分，从白痴到莎士比亚……没错！"

我不知道是为什么——因为乍看之下是毫无关联——可是我却想起了另一个人，她的语气；最不可察的线似乎从她那里延伸到了 R 身上（究竟是什么呢？）$\sqrt{-1}$ 再一次蠢蠢欲动。我打开胸章，再二十五分就十七点了，他们还有四十五分钟的时间使用粉红配给券。

"哦，我得走了……"我吻了 O，和 R 握手，走出房间去搭电梯。

我过了街，到了马路那边这才回头看：在明亮、阳光普照的建筑外壳上，不时可见一方方灰蓝色、不透明的百叶窗放了下来——那是有节奏的、泰勒化的快乐方格。而在第七楼我发现 R-13 的方格，百叶窗早就放下了。

亲爱的 O……亲爱的 R……他的心底也有（我不知道为什么用上"也有"这两个字，可是就让我的手随它的意思写吧），他的心底也有我并不是全然清楚的东西。但是他跟我跟 O——我们是一个三角形，也许不是等边三角形，却绝对是个三角形。用我们祖先的说法（也许，各位星球上的读者，你们更能够了解这种语言），我们是一家人。而偶尔，即使只是相当短暂的机会，能够放轻松，休息一下，让自己窝在一个简单的、牢固的三角形里，什么也不管……

札记九

提纲: 祭典

　　抑扬格与扬抑格

　　铁掌

　　晴朗肃穆的一天。像这样的日子你会忘了你的弱点、不精确、毛病，万事万物都清澈如水晶，永恒不变——就如我们的玻璃一样。

　　立方广场。六十六圈同心圆组成的看台，六十六排静默发亮的脸孔，眼中映射出天空的光芒，也可能是一体国的光芒。血红色的花朵——那是女性的红唇。前排是一张张儿童的脸，有如温柔的花圈，靠近行动的中心。专注、肃穆、歌德式的沉默笼罩全场。

　　根据流传下来的文献记载，古人在他们的"宗教祭典"上也有和我们类似的经验。但是他们膜拜的是他们那不理性的、未知的上帝；我们却是为理性的、一清二楚的上帝服务。古人的上帝除了艰苦的追寻之外什么也没给他们，他们的上帝想不出什么更合理的办法，只能够用自己来牺牲，至于牺牲的理由是什么也没人想得通。但是我们却向我们的上帝，也就是一体国来牺牲奉献，那是平静的、理性的、合理的牺牲。是的，这就是我们一体国的庄严祭典，是为了纪念那场可怕的试练，两百年战争，是为了庆祝"全部"战胜"单一"，"总和"战胜"个人"。

那人，他站在洒满阳光的立方广场上。一张白色——不，说不上是白色，而是毫无颜色——的脸：一张玻璃脸，两片玻璃唇。唯有那双眼睛，是黝黑的、贪婪的、凹陷的洞。而他来自的那个可怕的世界不过只有几分钟的路程。写着他号码的金色胸章早已摘除，他的双臂被一条紫色缎带捆绑住——这是古人的习俗（显然可以追溯到从前，在这类事情以一体国之名而执行之前；当时可想而知那些罪犯自觉有权利反抗，因此他们的双手也就总是被铁链缚住）。

而高高在上的，在立方广场之上，在机器附近，那个纹丝不动的形体，仿佛是金属铸造的，是他，我们所称的造福者。从下面望上去看不清他的脸孔，你只知道那是方形的、严厉的、庄严的轮廓。但那双手……有时照相时双手距离照相机太近，相片中的手就会大得出奇，吸引住所有的目光，掩盖了其余的部分。这一双沉重的手，虽然静静地摆在膝盖上，却是清清楚楚——那双手是石头，而两个膝盖给压得几乎支撑不住。

突然之间，一只手缓缓举高——动作缓慢，铁铸的一般。看台上有一名号民服从举高的手，走向广场。他是一名国家诗人，肩负着以诗歌颂扬庆典的光荣使命。神圣而嘹亮的抑扬格诗章雷霆般响彻看台——吟哦着长了玻璃眼的狂人，他站在台阶上，等待着自己的狂言呓语所导致的应有后果。

一簇熊熊火焰燃烧。在抑扬格的诗句中，建筑摇晃着，液态黄金向上喷射，继而倒泻而下。新绿的树木枯萎皱缩，树汁一滴滴流出，烧得什么也不剩，只剩下光秃秃的树干，有如焦黑的十字架。但是普罗米修斯[1]（这当然指的是我们）出现了：

> 他用机器和钢铁驯服了驽马般的大火，
>
> 用法律的锁链制服了混乱这个恶徒。

于是乎万物焕然一新，万物坚如钢铁——钢铁的太阳，钢铁的树木，钢铁的人。但突然间冒出一个狂人，他"斩断锁链放出了大火"，眼看万物又将付之一炬……

很遗憾，我这人对诗歌实在是没什么慧根，老是听过就忘，但是我倒是记得一点：这首诗使用的意象之美、教诲意义之丰富，恐怕是别首诗歌望尘莫及的了。

接下来又是缓慢沉重的手一挥，第二位诗人出现在立方广场的台阶上。我甚至从座位上微微抬起了身体：不可能！不，还真是他的厚嘴唇呢！是他……他为什么没跟我说他竟然享此殊荣……他的嘴唇颤抖，一片的灰白。我能理解：他可是在造福者的面前，在全体观护人的面前诵诗……可是，紧张到这种程度……

锐利又快节奏的扬抑格——有如斧头的连续劈砍。控诉着一桩穷凶极恶的罪行，控诉着一首亵渎的诗歌，诗中竟污蔑造福者是……不，我不愿再用笔来复述。

R-13一屁股坐回座位上，一脸苍白，谁也不看（我从来没想到他竟是这样的害羞）。在亿万分之一秒中，我瞥见了某人的

---

[1] 希腊神话中人物，因盗取天火给人类而受惩，被绑在岩石上，肝脏为老鹰所啄食。

脸——一个黝黑、尖锐的三角形——在他附近闪过，立刻就消失无踪。我的眼睛，上千双的眼睛向上看着高处的那具机器，看着那只非人的手做出第三次动作。而那名逾越者，被隐形的风吹得脚步蹒跚，缓缓登上一级阶梯，又一级，再一级——也是他此生最后一级阶梯，终于他躺上了最后的一张床，面向天空，头向后仰。

有如命运般坚如铁石的造福者缓步绕行机器，一手按住了杠杆……一点声响也没有，连呼吸声都消失了——一双双眼睛都盯着那只手。唉，能够充当这样的工具，充当十万意志力所凝聚而成的合力，该是一股多么波澜壮阔的狂喜洪流啊！又该是多么伟大的命运啊！

这一秒仿佛无止无尽。那只手向下移，接通了电流。一道刺眼的光芒闪过，犀利得像是打了个冷战，机器的管子响起模糊的噼啪声。仰卧的身体被光所笼罩，像是发光的雾气——逐渐融化，就在我们的眼前融化，融化的速度惊人。一眨眼间什么也没有了——只剩下一小摊化学纯水，一分钟之前还曾在心脏里红艳艳地跳动着……

这一切都很简单，而且大家都了解：是的，这是物质的分离作用；是的，这是人体的原子分裂。然而每一次又都像是奇迹——象征着造福者那超人的力量。

高高在我们之上，面对着他的是十名女性号民，嘴唇兴奋地分开，鲜花 [1] 撒在风中。

---

[1]　鲜花当然是从植物园中采撷的。我个人是看不出花朵到底有什么美丽，就跟那些许久之前就被放逐到绿墙之外的原始世界里的所有东西一样，不知有什么美丽可言。只有理性的、有用的东西是美丽的，比方说机器、靴子、程序、食物之类的。——作者注

根据古老的风俗习惯，十名女子会在造福者那身仍沾着水珠的制服上套上花环。造福者踩着大祭司的庄严步伐，缓缓拾级而下，缓缓走在看台之间，所经之处，女性高举雪白的手臂，犹如一根根的枝丫，百万人大声欢呼，呼声整齐划一，接着再为观护人欢呼，他们就在这里，就在我们之间，只是没人看得到。谁知道呢？说不定古人凭借想象力创造出伴随他一生、让他既爱又怕的"守护天使"之时，就是预见了我们的观护人呢！

　　是的，这场肃穆的仪式确定带有某种古代宗教的味道，某种净化的作用，有如一场暴风雨。将来会读到我这本札记的各位——你们也体验过类似的时刻吗？如果没有，我真为你们惋惜……

札记十

提纲: 一封信
　　　录音膜片
　　　毛茸茸的我

昨天对我来说就像是化学家过滤溶剂的滤纸一样: 所有悬浮的分子, 所有的渣滓都残留在滤纸上。今天早晨我像滤净的透明液体一样清新地下楼去。

楼下大厅里, 女管理员坐在桌后, 看了看钟, 记下进入大楼的号民。她是U……我还是别写出她的号码好了, 以免说出什么不中听的话来。说真的, 基本上她是个相当可敬的中年女性, 唯一让我不喜欢的地方是她的脸颊下垂了, 活像是鱼鳃(可是话说回来, 我又干吗这么在意这一点呢?)。

她的笔沙沙作响, 我看见我的名字出现在纸上——D-503, 旁边还溅了一滴墨水。

我正要提醒她注意, 她突然抬起头来, 朝我露出淡淡的微笑, 仿佛是朝我脸上甩了一滴墨水。"你有一封信。对, 你会收到,我亲爱的，对，对，你会收到的。"

我知道那封信她已经先看过了，不过还是要先通过观护人公所的检查（我相信我不需要再解释了，这是理所当然的程序），之后我会在十二点之前收到。可是她那抹笑却让我不太自在；那一滴墨水混浊了我透明的溶剂。事实上还不只是轻微的混浊，连我稍后到了"整体号"的船坞，我都还没办法定下心来，甚至在计算时犯了错，这可是我从来没有发生过的事。

十二点了，又看见一次褐色中带着粉红色的鱼鳃，最后信件送到了我手上。我不知道为什么当下没有拆开来看，反倒把信放进了口袋里，匆匆回房。到了房间之后，我把信拆开来，速读了一遍，一屁股坐了下来……这是官方通知，I-330登记了我，而我今天二十一点必须到她那儿去。她的地址列在下方。

不可能！发生了那样的事，而且我还把自己对她的看法毫不含糊地说了个一清二楚。再者，她连我是否去了观护人公所都不确定。毕竟她无论如何也无法获知我生病了——呃，我没办法去……再者，撇开这些不说……

我脑袋里像是有部发电机在转动，在嗡嗡叫个不停。佛陀、黄色的丝，山谷百合，玫瑰红的圆弧……噢！对了，O今天要来找我。我应该把有关I-330的这份通知拿给她看吗？我委决不下。她不会相信（说真的，那也不能怪她）我跟这件事一点关系也没有，不会相信我完全……而且我很肯定绝对少不了一场棘手的、莫名其妙的、完全不合逻辑的对话……不，千万不能这样。这件事应该要机械地解决：我会影印通知书，把副本寄给她。

我匆匆把通知书塞进口袋里——冷不防看见我那只猿猴似的丑八怪手。我想起了那次散步I-330拉起我的手细细地看。难道她真的……

再过十五分钟就二十一点了。这是一个白夜，万事万物都像是透着绿光的玻璃制成的，但是与我们的玻璃非常不同——那是脆弱、不真实、很薄的一层玻璃壳，而在其下则有什么东西在旋转、冲撞、嗡鸣……如果演讲厅的圆顶驾起圆圆的烟雾徐徐升空，年老的月亮也跟今天早晨的女管理员一样甩墨水似的笑，所有的屋子都在一瞬间放下了百叶窗，而在百叶窗后……真要是这样，我也不会惊愕。

我有种怪异的感觉：我的肋骨仿佛成了铁铸的，不住地压迫，真的在不住地压迫我的心脏——像是没有空间可以容纳它。我站在嵌着金色号码I-330的玻璃门前，她背对着我而坐，正对着桌子，在写什么。我进屋去。

"喏……"我交出粉红配给券，"我今天接到通知，所以我就来了。"

"你的动作可真快！等我一分钟可以吗？请坐。我先写完。"

她的眼睛又低下去看信——她的脑袋里，在那低垂的帘幕后，是在想什么？她会说什么？一分钟后我又会做什么？她的一切都是这么的——来自"那里"，来自那野蛮的、古代的梦境，我又怎么能发掘答案，怎么计算得出来呢？

我默默看着她，肋骨好似铁铸的栏杆；我无法呼吸……等她开口，她的脸像是一只快速转动、闪烁发光的飞轮，快得你分不清一根根的车辐。可是现在轮子静止不动了，而我看见了一个奇怪的组合：暗色眉毛挑到了太阳穴，像是一个嘲弄的倒锐角三角形；而从鼻翼到嘴角的两道深深纹路，则向上形成了一个正锐角三角形。而这两个三角形竟莫名其妙地互相冲突，把整张脸盖上了一个恼人的 X，宛如一个倾斜的十字架。一张有十字架的脸。

轮子又开始转动，轮辐又混在一块……

"原来你没有去观护人公所啊？"

"我没去……去不了——我生病了。"

"是啊，我也猜到是因为这个缘故。一定是有什么事阻止了你——无论是什么。（尖锐的牙，微笑）不过现在你落到我的手掌心了。你还记得吧？凡是未能在四十八小时内向观护人公所举报之号民即视同……"

我的心猛烈跳动，撞得铁铸的肋骨都弯了。当场活逮，跟个愚蠢的小男孩一样。而我也愚蠢地保持沉默，我感觉到我掉入了陷阱，手脚都动弹不得。

她站起来，好整以暇地伸个懒腰，接着按下按键，百叶窗降了下来，微微发出噪音。我和世界隔开来了，单独和她在一起。

I-330 就在我身后某处，靠近衣柜的地方。她的制服窸窣响，落在地上。我静静谛听，整个人都在听，而且我记得……不，不是记得，而是掠过我心头百分之一秒……

近来有一次我计算一种新型街道录音膜片的弧度（这些膜片隐藏得非常巧妙，遍设在街道上，录下种种谈话，以供观护人公所之用）。我记得那粉红色、凹面的、微颤的胶膜，那怪异的东西只有一个器官——一只耳朵。这一刻我就是那个膜片。

领口的扣子打开了，其次是胸上的，接着更低……光滑的丝绸从肩膀滑下，落到膝盖，掉到地板上。这时我的听力比视力更加犀利，我听见一只脚跨出了蓝灰色的丝衣，另一只……

绷得紧紧的膜片轻轻颤动，录下寂静。不，不是寂静；而是清晰沉重的铁锤敲打着铁铸的栏杆，中间带着无尽的停顿。我还听到——看到她在我身后，思索了一秒。

而现在——衣柜门响了一下，什么盖子掀开了，再后来是窸窸窣窣的丝绸、丝绸……

"好啦，请吧！"

我转过去。她披着一件杏黄色的古式连身裙，这比她身无寸缕还要残忍一千倍。两个尖尖的点从薄如蝉翼的丝衣中突出来，散发着粉红光芒，像是两团余火从灰烬中蹿出；两个圆墩墩的膝盖……

她坐在一张低矮的扶手椅上，面前的长条桌上摆了一瓶绿油油的饮料和两只高脚小杯。她的嘴角呼出一缕淡淡的烟雾——是古人抽的那种里头卷着草的细长纸管（我忘了那叫什么名字了）。

膜片仍颤动不止。铁锤在我体内敲打着铁铸的栏杆，每一声我都听得一清二楚，而……而猝然间我担心万一她也听见了怎么办？

但她径自恬淡地吞云吐雾，恬淡地看着我，漫不经心地掸掉烟灰——掸在我的粉红配给券上。

我尽可能装出一副冷淡的样子，问道："既然如此，你为什么登记我？又为什么强迫我到这里来？"

她却好像是没听见的模样，自顾自把瓶中的液体斟到杯子里，小口啜饮。

"嗯，真不错。你要喝点吗？"

到现在我才想通：原来是酒。昨天那一幕有如闪电般划过：造福者那坚如铁石的手，那令人炫目的光；而在立方广场上，那具身体，摊开着，头向后仰。我打了个哆嗦。

"听着，"我说，"你自己也知道，谁要是用尼古丁毒害自己，尤其是用酒精毒害自己，一体国都会无情地加以摧毁……"

暗色眉毛挑到了太阳穴上，形成一个锐利嘲弄的三角形。"快速地摧毁一些人就比给他们机会慢慢毁灭自己要来得合理吗？还有退化等等的，一路退化到——等而下流。"

"对……退化到等而下流。"

"而万一这一小群赤裸的、秃头的真相给放到了街上去……哎呀呀，想想看……就拿我最忠诚的仰慕者——S-4711来说好了——噢，你认识的啊——想象一下他抛弃了虚伪的衣物，以真实的形体站在大家面前……哎哟！"

她笑了起来，但我清楚地看见她的下半张脸那悲伤的三角——嘴角到鼻翼的两道深纹。也不知为了什么，这两道纹倒让我有所领悟：那个弯腰驼背、双耳招风、上下都呈弧形的人……他拥抱过她，拥抱现在这样的她……他……

我是想要把当时的感觉——异于平常的感觉——给表达清楚。记录着这一段时，我十分清楚这一切就是它理当应有的样子。就和每一个诚实的号民一样，他也有权利享乐，所以说三道四未免不够厚道……可是，就算什么都不说也已经够清楚了。

I-330的笑声很怪，她笑了很久，笑声方落，她忽然紧盯着我看——看进了我心里。"不过最重要的是我跟你在一起可以完完全全地放松，你真是个小亲亲——噢，别抗议——你绝对不会想到公所去举报我喝酒抽烟的。你会生病，不然就太忙，不然就是别的原因。我甚至肯定下一刻你就会和我一起品尝这个奇妙的毒药了……"

那厚颜嘲弄的语气，当时我一定感觉到我讨厌她，现在我又一次感觉到。可是我为什么说"现在"呢？我一直都讨厌她啊！

她一仰脖子喝光了整杯绿色酒浆，站了起来，透明的杏黄薄衫散发着粉红光芒，跨了几步……停在我的椅子后面。

猛然间，一只手臂搂住了我的颈子，嘴唇贴上了嘴唇——不，不是嘴唇，而是更深入、更教人骇然的地方。我发誓，我完全没有料到她会有这种举动，也许这就是唯一的原因让我……毕竟不可能是我自己主动的——现在我彻彻底底地明白了——我自己是不可能会想要接下来的事发生的。

甜蜜得无法形容的双唇（我猜一定是酒的味道），还有一口猛烈的毒药流入我口中，接着是更多，更多……我脱离了地球，仿佛一个独自的行星，疯狂地旋转，俯冲向下、向下，沿着未知的、未经计算的轨道……

接下来发生的事只能大略地记述，只能多少运用模拟。

我从没有过这种经验，可是真的就是如此：我们这些地球上的人每天都走在一片血红炽热的火海上，那片火海隐藏在地球的腹部。我们从来没想到过这点，可是万一我们脚下那薄薄的一层壳变成了玻璃，而突然之间我们看到了……

我就变成了玻璃。我看见了——我的内里。

里面有两个我，前一个是 D-503，号民 D-503，而另一个……之前他不过是才刚从壳里伸出了毛茸茸的爪子，但是现在他全然地爆破开来，外壳龟裂了，再一分钟就会炸成碎片，然后……然后……怎样？

我使尽了全力，仿佛是紧抓住救命的稻草，我死命抓着椅背，开口发问，却只听见我自己，另一个自己，旧的自己问道："你是……是打哪儿弄到……这个毒药的？"

"哦，这个啊！从医生那儿，我的一个……"

"我的一个……？我的一个——什么？"突然间另一个我跳了出来，大吼大叫，"我不准！除了我谁也不行，我会把他们每一个都宰了……因为我……因为你……我……"

我看见了——他用毛茸茸的爪子粗鲁地抓住她，撕开了丝衫，牙齿狠狠咬下……我清清楚楚地记得——他的牙……

我不知是怎么回事，但是I-330挣脱了开去，她——隐藏在那该死的、看不透的帘幕后的眼睛——背靠着衣柜，听我说话。

我记得，我落在地板上，抱着她的腿，吻她的膝盖，苦苦哀求："现在，就是现在，现在……"

尖锐的牙齿，尖锐嘲弄的眉毛三角。她弯腰，默默摘掉我的胸章。

"对，对！宝贝，宝贝！"我急吼吼地脱掉制服，但是I-330只是默默地把我胸章上的表拿给我看，时间是二十二点二十五分。

我有如坠入冰窖。我知道二十二点三十分之后仍在街上逗留是很严重的犯禁。我的癫狂有如被一阵寒风吹散，我又恢复了自我，有一件事非常地清楚：我恨她，我恨她，我恨她！

一句再见也没说，一次回顾也没有，我冲出了房间，一边跑一边把胸章别回去，一步跨两三阶，冲下楼梯（唯恐会在电梯内遇见什么人），我冲上了空荡荡的街道。

街上一切都井然有序——这么简单，平凡，正常：玻璃屋在灯光下闪烁，淡淡的玻璃天空，静止不动的泛绿夜色。但在这清凉寂静的玻璃底下却有一个狂暴、血红、毛茸茸的家伙无声地狂奔着。我拔腿快跑，上气不接下气，就怕来不及。

正着急着，我又感到那匆匆别上的胸章松开了，掉了下去，叮当一声敲在玻璃路面上。我俯身去捡，就在这片刻的宁静中，我听见后方有脚步声。我连忙转身，只见一个小小的、低着头的东西悄悄转过了街角，至少当时我觉得看见的是它。

我继续以全速疾奔，耳旁的风咻咻响。到了入口，我停了下来：表上时间只差一分钟就二十二点半。我侧耳细听——后面没有人。显然刚才只是一时的幻觉，是毒药的效力。

这一晚我辗转难眠。床铺在我身下起起伏伏，沿着正弦曲线飘浮。我自己和自己争辩：号民都必须在夜晚睡觉，这是他们的责任，就和白天的责任是工作一样。晚上不睡觉就是犯罪……然而，我就是睡不着。

我完了。我无法履行对一体国的义务……我……

札记十一

提纲：无，我想不出来，想到什么我就写什么吧！

傍晚。一场薄雾，天空掩藏在一层金灿灿的奶白色面纱后，看不见天上有什么，面纱之外有什么。古人知道上帝——他们最伟大又无聊的怀疑论者——在天上。我们却知道上面只是一片水晶似的蓝，赤裸的，毫不崇高的空无。但是此时此刻我却不知道天上究竟有什么：我学习得太过了。知识即信仰，知识绝不会谬误。我对自己有牢不可破的信仰，我曾相信我对自己无所不知。而现在……

我立在镜前，生平第一次——没错，是第一次——我清楚地、犀利地、自觉地看见自己。我愕然看见自己是某个"他"。看哪！我是他：黑色一字眉，眉心有一道疤，一条垂直的肉褶（我不知道以前有没有）。钢灰色的眼睛，眼圈有一夜无眠的阴影，而在这块钢之后……我这才发现原来我不知道那里有什么。而离了"那里"（这个"那里"同时既是这里也是无限远的空间），离了"那里"，我看着自己——看着他——我明白了：他，那个长着一字眉的他，是个陌生人，与我素昧平生，是我今生第一次遇见的人。而我，那个真正的我，并不是他。

不是他，就是这样。一切只是无稽之谈，那些诡异的感觉也只是幻觉，昨天被下毒的结果……被什么下了毒？是一小口绿色毒液，还是她？都无所谓。我把这些事写下来只是要让你们看看人的理性，那么犀利，那么精准，竟然可以那么迷惑，被抛进一团混乱之中。人的理性把古人那么害怕的无限大化繁为简，让他们能够接受，只要……

显示器响了：是 R-13。我请他进来，其实我倒是松了一口气，要我现在自己一个人，我实在……

二十分钟后

在纸张的平面上，两度空间的世界里，这些线一条挨着一条，可是换成是不同的世界……我失去了数字感：二十分钟可能是二百分钟、二十万分钟。而且用平静的、慎重的、精挑细选过的词语写下方才我和 R 的事似乎非常奇怪，那就像是坐在床铺旁的扶手椅上，跷着二郎腿，好奇地看着你自己在床上蠕动一样。

R-13 进来后，我的心情是绝对的宁静正常。我诚心诚意赞美他成功地把审判赋诗，告诉他，他的扬抑格诗是粉碎摧毁那个狂人最有力的工具。

"我甚至敢说——要是我被要求去画造福者的机器图解蓝图的话，我会想办法、想办法把你的诗放进蓝图里。"我说完了最后一句。

可是突然间我注意到 R 的眼睛变得黯淡无光，嘴唇也转灰了。

"怎么了？"

"什么，什么！哦……哦！我只是受够了。人人嘴上都挂着那场审判，我连一个字都不想再听了，我就是不想听了。"

他蹙起眉头，摩挲着后脑勺——他头上那个小箱子，里头装的奇怪行李是我怎么也弄不明白的。一阵停顿，接着他在箱子里找到了什么，拉了出来，打开来。他的眼睛笑意盎然，他跳了起来。

"不过为了你的'整体号'，我正在写……那会是……欸，那可会是了不得的作品！"

R又恢复了老样子：连环张合的厚唇，唾液四溅，字语泉涌而出。"你看（'看'字又喷口水）……天堂的古老传说……哈，说的就是我们啊！就是今天啊！没错！想想看，那两个在天堂里的，获得了一个选择：没有自由的快乐或是没有快乐的自由。除了这两个之外，没有第三个选项。那两个白痴选择了自由，结果呢？不用说，几个世纪过去之后，他们又渴望起锁链来了。锁链——你懂了吗？那就是世界的悲哀所在。浪费了好几个世纪呢！一直到我们才找到了恢复快乐的方法……不，等等，再听下去！古人的上帝跟我们肩并肩，坐同一张桌子。没错！我们终于帮助上帝征服了恶魔——因为就是恶魔诱惑了人类去打破禁忌，尝了自由的毁灭滋味，就是他，那条邪恶的毒蛇。而我们，我们用我们的靴子踩中了他的小脑袋，咯吱！天下太平，我们又得到天堂了。我们又像亚当夏娃一样的无邪单纯了，不再有善恶的混乱之争了。无论什么都很单纯——和天堂一样，和孩子一样单纯。造福者，造福者的机器，立方广场，瓦斯钟，观护人——这一切都是好的，这一切都是崇高的、庄严的、高贵的、提升的、水晶般的纯净。因为它保护了我们的非自由，也就是我们的快乐。古人会开始讨论思索，想破他们的脑袋——什么道德啦，不道德啦……咳，闲话少说。这样一首天堂之诗你觉得如何？啊，当然啦，语调是绝对严肃的……你懂了吗？了不起吧？"

问我懂了吗？那还用说，很简单嘛！我记得那时在想：嗬，这么一张可笑、不对称的脸，可是却有那么一个清晰正确的心智。所以他和我，那个真正的我，才会那么亲近（我还是把那个旧的我当成是真正的我；今天的不正常，当然只是一种疾病）。

R显然从我脸上看出了我的想法，他一手搂住我的肩膀，哈哈大笑。

"啊！你呀……亚当。对了，顺便说一下，关于夏娃……"

他在口袋里翻找，拿出了一本笔记簿，不停翻页。"后天……不对，是两天后，O想拿张粉红配给券来找你。你觉得怎么样？还是照样吗？你是不是要她来……"

"当然好，没问题。"

"那我会跟她说。她自己有点害羞，你也知道……哎，麻烦啊！跟我一起，倒没什么，你知道，不过就是张粉红配给券嘛！可是换作你啊……而且她不肯告诉我，那个打破了我们这个铁三角的第四者到底是谁。赶快招供吧，你这个好色之徒，是谁？说啊？"

我心中一面帘幕飞卷了上去——丝衫窸窣，一只绿瓶，红唇……就在这当口，我冒冒失失地脱口而出（要是我当时能管住自己就好了）："喂，你有没有尝过尼古丁或酒精？"

R双唇一抿，侧目看了我一眼。我能清晰无比地听见他脑海中的想法：就算你是朋友，可是……接着他就回答了："这个嘛，我该怎么说呢？实际上没有。可是我认识一个女人……"

"I-330。"我大喊出来。

"哦……那你——你也是？跟她？"他忍住一肚子的笑，大口大口地吸气，仿佛随时都会爆笑出声。

我挂在墙上的镜子因为角度的关系，只有坐在桌子对面才能看见自己；从我坐的这张椅子我只能看见我的额头和眉毛。

而现在，我——真正的我——在镜中看见了那扭曲的、跳动的一字眉，真正的我听见了野蛮的、反感的吼叫："什么叫'也是'？你说'也是'是什么意思？说，你非说个清楚不可！"

张大的厚唇，突出的眼睛。接着我——真正的我——揪住了另一个，那个野性、毛茸茸、不住喘气的那个，揪着他的领口。真正的我对 R 说："看在造福者的面子上，请原谅我。我病得厉害，没办法睡觉。我不知道是怎么回事……"

厚唇上闪过一抹微笑。"好，好！我了解，我了解！我都知道……当然是在理论上。再见吧！"

他走到门口转过身来，像个黑色小球一样向我弹跳过来，往桌上抛了一本书。

"我最新的……特地带来给你，差点忘了。再见……""再"这个字喷向我，他摇摇晃晃走出了房间。

我又是一个人了，或者该说一个人跟另一个"我"绑在一起。我坐在椅子上，跷着二郎腿，好奇地从某个"那里"看着我——我本人——在床上蠕动。

为什么？为什么整整三年我跟 O 跟 R 一直处得很融洽，而现在——只提到一句关于 I-330 的话，就……难道说爱情、嫉妒这种发神经的事不只是那些白痴古书里才有的吗？最莫名其妙的是我……我是专门研究方程式、公式、数字的啊……我竟然会这样！我什么也不明白了……一点也不明白……明天我要去找 R，告诉他……

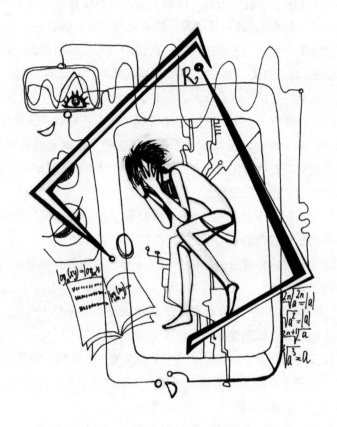

　　为什么整整三年我跟 O 跟 R 一直处得很融洽，而现在——只提
到一句关于 I－330 的话，就……难道说爱情、嫉妒这种发神经的
事不只是那些白痴古书里才有的吗？最莫名其妙的是我……我是专
门研究方程式、公式、数字的啊……我竟然会这样！

不，我不是说真的，我不会去找他，明天不会，后天也不会——我永远也不会去。我做不到，我不想要见他。到此为止了，我们的铁三角垮了。

我独自一个人。傍晚。一场薄雾，天空掩藏在一层金灿灿的奶白色面纱后。要是我能知道那里，面纱之上有什么就好了！要是我能知道我是谁，我是个什么样的人就好了！

札记十二

提纲：无限的限制
　　　天使
　　　读诗有感

　　我始终有种感觉：我会痊愈，我能痊愈。我睡得很好，没有梦，也没有病态的征兆。明天亲爱的 O 会来看我，一切都会像个圆一样简单、正确、有限。我并不害怕"限制"这个词。人类最高的机能，也就是理性，它的功能就是在不断地限制无限，把无限打破成方便的、容易消化的一小块，也就是微分。就是因为如此，我专攻的领域——数学——才会是至圣至美的学问。而那个人，I-330 缺乏的就是能够体会这一份美的理解力，不过这只是附带一提——偶然的联想罢了。

　　这许多的想法都是在地铁有板有眼的行车声中浮现的。我随着车轮的节奏默默浏览着 R 的诗作（是他昨天给我的书）。突然我感觉到后面有人小心翼翼地俯在我的肩膀上方，看着翻开的那页。我头也不回，只是用最小的眼角余光看见了粉红色的招风耳、上弯下弯的形体……是他！不愿打扰他，我假装没注意到。我无法想象他是打哪儿冒出来的，我上车的时候他似乎并不在车厢里。

这本是件微不足道的小事，可是对我却有格外愉快的效果，让我变强变壮。多美好啊！知道有一只提高警觉的眼睛看顾着你，宠爱地保护着你，不让你犯下最轻微的错误，踏错最小的一步。我这么说也许是多愁善感了一些，可是有个模拟却浮现在我心头——古人梦中的守护天使。从前他们只能梦想的事物，到了我们这一代却有那么多都实现了！

我感到守护天使在我背后的那一刻，我正欣赏着一首十四行诗，诗名是《快乐》。我认为若说这首诗寓意深远，优美隽永，是罕见的佳作，应该不算过分。诗的头四行是这么写的：

> 二乘二恒久地爱恋着，
> 恒久地结合成热情的四，
> 世上最炽热的爱——
> 不离不弃的二乘二……

余下的部分也是在颂扬九九表上睿智与永恒的幸福。

真正的诗人免不了都是一个哥伦布，美洲早在哥伦布出生前几世纪就存在了，但是一直要等到哥伦布才能发现美洲的存在。九九表在 R-13 出生前几世纪就存在了，但一直要等到 R-13 才能在数字的处女林中发现一个全新的黄金国 [1]。说真的，还有哪个世界的快乐能比这个奇妙世界里的更加明智、更加清晰呢？钢铁

---

[1] 想象中位于南美亚马孙河附近的国度。

会生锈，古代的上帝创造了古人，给了他犯错的能力，可见他自己也犯了一个错。九九表比古人的上帝要明智、要绝对得多：因为它从不——你充分了解"从不"这两字的意义吗？——它从不犯错。而再没有比依据九九表那和谐永恒的定律而存活的数字更快乐的东西了。没有迟疑，没有错觉，唯有一个真理，一条真正的道路；这个真理就是二乘二，而它真正的道路就是四。如果这些快乐而理想地乘在一起的二突发奇想，想来点莫名其妙的自由——换言之也就是犯错——这可不成了荒天下之大唐吗？R-13能一针见血，抓住根本，对我来说这就像数学中的定理，不需要再加以证明了。

就在这一刻，我又一次感觉到——起初是后脑勺，其次是左耳——我的守护天使吹出的温暖气息。他显然注意到我腿上的书合了起来，我的思绪飘到了远方。我是准备好就在那一刻那个地点把我心中的每一页都翻给他看，这种感觉让我无比地宁静，无比地喜乐。我记得我转过身，凝视他的眼睛，带着恳求的坚持，但是他没能了解，也可能是不想了解，所以一句话也没问我。我别无选择，只有一个做法，就是向你们，我不知名的读者坦承一切（此时此刻你们就和当时的他一样既亲近又遥远）。

我的感想从一点扩充到全体：一点是 R-13，而壮丽的全体是我们的国家诗人与作家协会。我很奇怪古人从来都不明白他们的文学诗歌有多么的荒诞不经，文学语言庞大雄浑的力量完全被他们糟蹋了。让每个人爱写什么就写什么简直是荒谬，就像古人任由海洋二十四小时拍打海岸一样荒谬，坐视波浪那数百万千克米计的能量变成点缀爱人浪漫情怀的区区微物。但我们却从海浪的喁喁喃喃中萃取了电力，我们把那头吹泡吐沫的野兽给驯服了；

而且我们也以同样的方式驯服驾驭了诗歌中一度野放的元素。今天，诗歌不再是一只夜莺厚颜无耻的无病呻吟；诗歌变成了公仆，变成了有用的工具。

就拿我们著名的"数学对句"[1]为例吧！少了数学对句，我们还能在学校里学会那么温柔、那么真诚地去爱四则运算吗？再比方说"花刺"这个古典的意象吧！观护人就是玫瑰上的刺，保护国家这朵娇弱之花，以免有人来横加采撷……听见幼童天真无邪的口中唱出这样的诗歌：

> 坏孩子粗鲁地去嗅玫瑰花，
> 鼻子上却被钢铁般的刺扎了一下。
> 调皮捣蛋的家伙大喊："哎哟，我的妈！"
> 没命似的拔腿跑回家……

谁还能铁石心肠，无动于衷呢？再比方说《造福者每日颂》吧！有哪个人在拜读了之后不会因为这位号民之首那无私无我的努力而虔诚鞠躬呢？还有令人肃然起敬的《法院判决的红花》？不朽的悲剧《上班迟到的人》？还有那本指南《性行为卫生之歌》呢？

我们整个人生，其复杂、其美丽都铭刻在文字的黄金之中。

我们的诗人不再在最高天翱翔，他们脚踏实地，和我们肩并肩迈步前进，跟着乐坊一板一眼的进行曲。他们的七弦竖琴奏出早晨电动牙刷的刷牙声以及造福者的机器可怕的火花噼啪声，奏出

---

[1]　对句为两行同音节而押韵的诗句。

庄严的一体国国歌，奏出晶莹的夜壶滴答声，奏出兴奋地放下百叶窗的窸窣声，讨论最新版食谱的叽叽喳喳声，以及街道上录音膜片那几不可察的运转声。

我们的众神在这里，在人间，跟我们在一起——办公室内，厨房内，工作房内，浴室内。众神变得和我们一样，由是，我们就变成了众神，而我们会到你们那里去，我那遥远行星上的不知名读者们，我们会让你们的人生变得跟我们一样享有神祇般的理性与精准。

札记十三

提纲：雾
　　　你
　　　荒诞不经的事件

　　我在黎明清醒，睁眼就看见坚实的玫瑰红天空。四周一切都圆得很美。晚上 O 会过来。我觉得自己已经完全康复了，我笑了，再次入睡。

　　早晨钟响。我下了床，但四周一切却迥然不同了：从玻璃天花板看出去，绿墙，每一处都弥漫了浓密又无孔不入的雾。发了疯似的云，一会儿厚重，一会儿轻盈。天空与地面没有了界限，不管什么都在飞，在融化，在坠落——没有东西让你抓住。屋舍不见了，玻璃墙消失在浓雾里，就像结晶盐遇水就溶化了。街道上、屋子里阴暗的人影就像是悬浮在可怕的奶白色溶液中的分子，有的高，有的矮，有的更高，一直高到十层楼去。不管什么都成了旋转的烟，仿佛是从默默怒烧的大火中飘升出来的。

时间是十一点四十五分，我刻意看了钟——为的是要抓住数字，抓住坚实安全的数字。

十一点四十五分，在履行作息表上规定的肢体劳动之前，我在房间停顿了一下。突然电话响了。话筒里的声音——像是长长的一根针缓缓插入了心脏："哈，你还在家里？真好。到转角等我，我们一起……到时你就知道。"

"你很清楚我现在正要去上班。"

"你也很清楚我说什么你就会做什么。再见。两分钟后见……"

两分钟后我站在转角，毕竟我必须要向她证明我是由一体国管辖的，不是由她管辖的。"我说什么你就会做什么……"而且还说得那么笃定——我从她的口气中听得出来。哼！这一次我可得跟她好好谈一谈了。

湿气蒙蒙的浓雾染出的一件件灰色制服在我身侧匆匆凝成实体，又立刻消融在雾里。我瞪着表，整个人是一支尖锐颤抖的分针。八分钟过去了，十分钟……再三分钟就十二点，再两分钟……

完了，我上班已经迟了。我恨她，可是又不得不向她证明……

转角白色浓雾中出现了一抹血红——仿佛利刃划开似的——是她的嘴唇。

"恐怕我耽搁了你，不过反正也没差别，你已经迟到了。"

我真恨透她了……不过她说得没错，已经来不及了。

我默默瞪着她的嘴唇。女人只不过是两片唇，什么都不是，只是两片唇。有些粉红，圆之又圆，像圆圈，柔柔地防卫着外在世界。但是这两片唇：一秒钟前并不存在，此刻，像利刃划开的一道口子，还滴着甜美的鲜血呢！

她靠过来，肩膀倚过来——我们合而为一，她体内不知道什么东西流注到我体内，而我知道就是这样。我每一束神经、每一根头发、每一次心跳都感觉得到，它甜蜜得几近痛苦。臣服在"就是这样"之下是多么快活啊！一块铁服从必受磁石吸引的精准法则时必然也感受到同样的快活。或是一块石子，向上抛，犹豫了一下子，又一头往地上栽。或是一个人，经过了最后的痛苦，深深咽下最后一口气，然后撒手西归。

我记得我晕陶陶地笑了笑，没头没脑地说："雾好……好……"

"你喜欢雾啊？"

她用的是古老的、早已没有人记得的"你"[1] 这个字——主人对奴隶的用语。我愣了愣才恍然大悟。是的，我是个奴隶，而这称呼是必需的，是好的。

"对，是好的……"我大声地自言自语，随即对她说，"我讨厌起雾，我会害怕。"

"这也就是说你爱起雾，你会害怕，是因为它比你强大；你讨厌它，因为你怕它；你爱它，因为你不能让它屈服在你的意志力之下。只有无法屈服的才是值得去爱的。"

对，这是真话，而也就是因为这样——因为这样我……

我们举步，我们两个——合而为一。迷雾深处太阳几乎无声地唱着，万物都充满了坚定的决心，散发着珍珠色、金色、玫瑰色、红色。整个世界是一个庞大的女人，而我们就在她的子宫内，尚未出生，欢天喜地地渐渐茁壮。而在我看来十分清楚——无法

---

[1] 原文为"ТЫ"（你）。俄文原书中的第二人称都是用"ВЫ"（您），中译因习惯及顺口之故，皆译为"你"。"ТЫ"通常用于亲人、朋友之间，而"ВЫ"则为客气的敬语。——编注

闪躲的清楚——太阳、浓雾、玫瑰、金色都是给我一个人的……

我并没有问要去哪里，哪里都无所谓，唯一要紧的是走路，走路，茁壮，更加坚定地充实自己……

"到了。"I-330在一扇门前停下。"我那天在古屋跟你提到的那人今天值班。"

我站在老远之外，只用眼睛来保护体内茁壮的东西，我读着牌子上的字：医务部。我懂了。

玻璃房间盈满了金色的雾。玻璃天花板，五彩缤纷的瓶瓶罐罐。电线。试管里冒着淡蓝色的火花。

还有一个男人，单薄瘦小，是我生平仅见。他整个人像是纸张裁出来的，无论转到哪个方向，都只能看见薄薄的侧影，两边磨得很锋利：鼻子像锐利的刀刃，嘴唇像剪刀。

我没听见I-330跟他说什么，我只是看着她说话，感到自己幸福地微笑着，完全不由自主。那两片剪刀嘴一闪，医生说："好，好，我了解。最危险的疾病——我没听过比它更危险的……"他笑了起来，两只薄得不能再薄的纸片手迅速写下什么，把单子交给了I-330，接着又写了一张，交给了我。

他开给我们诊断书，证明我们生病了，无法上班。我这是从一体国偷窃我应做的服务，我是窃贼，我看见自己躺在造福者的机器下。但这一切的担忧既遥远又与我无关，就像是读着书中的一篇故事……我毫不迟疑就接下了诊断书。我——整个我，我的眼，我的唇，我的手——就是知道必须要这样。

来到转角，在几近全空的车库中，我们取走了一辆飞车。I-330坐进驾驶座里，就和第一次一样，换上了前进挡。我们离开地面，飘浮而去。所有的东西都跟着我们：玫瑰红掺金黄的雾、太阳、医生薄如刀锋的侧影，突然都变得亲切起来。之前，万物都绕着太阳转，现在我知道了——万物都绕着我转——缓慢地，幸福地，我紧紧闭着眼睛……

又见到了古屋大门前的老妇人，又见到那张黏合在一起的嘴，皱纹如辐射四散。这些日子以来那张嘴必然一直紧闭着，现在却张开来，露出微笑。"啊，你们这两个无法无天的家伙！人人都在工作，你们却……哎，进去吧，进去吧！有问题的话我会过来警告你们……"

沉甸甸、不透明、吱嘎乱响的门关上了，我的心立刻就开了好痛的一个口子，而且愈开愈大。她的唇是我的了。我一而再再而三掬饮。我抽身退开，默然瞪着她的眼眸——睁得大大地看着我，于是又一次……

半明半暗的房间，蓝色、橘黄色、墨绿色的皮革，佛陀的金色微笑，闪闪发光的镜子。还有——我做过的梦，此时此刻再简单不过——一切都注满了黄金粉红的树汁，随时会溢出，随时会迸射……

成熟了。不可避免的，一如铁遇上了磁石，甜甜蜜蜜地向精确不变的定律投降，我把自己倾入了她体内。没有配给券，没有计算，没有国家，甚至没有我自己，唯有既尖利又温柔的、咬得死紧的牙齿，那睁眼看着我的金色眼眸；而我从那对眸子缓缓进入，愈走愈深，愈走愈深。然后是岑静。只有在角落里，千里之外，水珠滴落在洗手台上，而我是宇宙，两颗水珠滴落的间隔是好几个世纪，好几个千年……

我套上制服，弯下腰，最后一次用我的眼睛掬饮 I-330。

"我就知道……我就知道你……"她说，声音细若飞蚊。

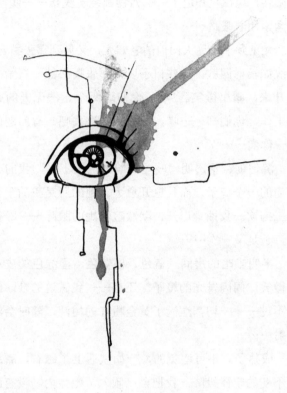

　　那睁眼看着我的金色眼眸；而我从那对眸子缓缓进入，愈走愈深，愈走愈深。然后是岑静。只有在角落里，千里之外，水珠滴落在洗手台上，而我是宇宙，两颗水珠滴落的间隔是好几个世纪，好几个千年……

她一骨碌地爬起来，穿上了制服，也换上了她惯有的咬人似的微笑。"好了，堕落天使，你现在也迷失了。你不害怕？那就再见了！你将来会一个人回来。走吧！"

　　她打开了有镜子的衣柜门，扭头看着我，等候着。我乖乖走出去，但是才刚跨过门槛，突然间我觉得我需要她用肩膀倚靠在我身上，只要一秒钟就好，只用她的肩膀，这样就够了。

　　我往回冲，回到房间，她可能还在镜前系纽扣。我跑进房间，却猛然止步。我分明看见古老的钥匙圈还在衣柜门上摇晃，但是I-330却不见人影。她不可能已经走了，这里只有一个出口。然而她就是不见踪影。我到处都找遍了，甚至打开了衣柜，摸了颜色鲜亮的古代服装。不见踪影……

　　我觉得多少有点尴尬，我行星上的读者，跟你们说了这一整桩完全不可能的事情。可是事情的经过就是这样，我还能怎么说呢？那一整天，从一大清早开始，不就充满了不可思议的事吗？这不就像古人那种做梦的毛病吗？果真如此的话，多一分荒唐或少一分荒唐又有什么差别呢？况且，我很肯定迟早我会把这一切的荒诞不经整理进某个逻辑的公式里。想到这里，我就放心了不少，我希望也能让你们放心。

　　可是我脑中塞满了事情！你们知不知道，我脑子里的事情塞得都快满出来了！

札记十四

提纲:"我的"
　　　　不可能
　　　　冰冷的地板

我今天所写的还是前天的事。就寝前的私人时间我被别的事情绊住了,昨天没办法记录。可是每件事都刻印在我的脑海里,而其中最深刻的——可能一辈子也忘不掉的——是那冷到骨子里的地板……

昨晚 O 应该来找我——昨天是她的。我下去找当班的号民以取得许可放下百叶窗。

"你是怎么了?"值班的人问我。"你好像有点……"

"我……人不太舒服……"

事实上,我说的是真话。我绝对是病了。这一切是一种疾病。而且我想起来了:没错!医生的诊断书……我伸手到口袋里找——果然有纸张的沙沙声。那么那件事真的发生了,是千真万确的……

我把诊断书拿给值班的人。我的双颊滚烫,我虽然没有正眼看他，却看见他抬头看我，一脸的惊讶。

接着就是二十一点半了。左边房间的百叶窗已放下了，右边房间里我看见我的邻居在看书——他那像瘤一样的额头和光秃秃的脑袋形成一个黄色的抛物线。内心煎熬的我在房间里来回踱步。发生了那些事之后，现在的我怎么还能和O在一起？我隐约察觉到右边的邻居在看我，我隐约看见他额头上的皱纹——一排难懂的黄线；而不知为了什么缘故，我觉得那些线条跟我有关。

二十一点四十五分，一阵欢喜的玫瑰红飓风刮入我房间，玫瑰红手臂像结实的圆圈箍住了我的脖子，但我立刻感到这个圈子愈来愈弱，最后破了，手臂垂了下来。

"你跟以前不一样，你不是原来的那个你，不是我的你！"

"这是什么原始的想法？什么叫'我的'？我从来就不是……"我猛然打住，忽然想到：没错！在此之前，我从来不是……可是现在呢？现在我不复置身清楚理性的世界里，而是置身古人梦魇的世界里，$\sqrt{-1}$的世界里。

百叶窗放下了。我右边的邻居把书掉到了地上，在百叶窗和地板还剩下最后一条缝时，我看见一只黄色的手捡起了书本，而我则希望能够用全身之力去攫住那只手……

"我以为——我本来希望今天散步的时候会碰见你。我有好多话——有太多话我非跟你说不可……"

甜美又可怜的O！她玫瑰般的红唇——一弯玫瑰红的月牙儿，两边的尖角垂了下来。可是我怎能跟她说发生了什么事？我说不出口，就算是为了怕她听完也会变成我的共犯吧。我知道她不会有勇气到观护人公所去，从而……

她躺下来，我缓缓亲吻她，我亲吻她手腕上天真圆润的肉褶。

她的蓝眸闭着，玫瑰红月牙缓缓开启，绽放，我吻遍了她全身。

忽然我觉得好空洞，好枯竭——我已经把自己掏空了。我办不到，我没有能力。我必须要——但那是不可能的。我的双唇在一瞬间变冰冷……

那玫瑰红半圆轻轻颤抖，凋谢，扭曲。O 把毛毯拉过来覆住身体，紧紧包住自己，把脸埋进枕头里……

我坐在床边的地板上——怎么会有那么冰冷的地板！我默然坐着。刺骨的寒冷从底下升起，愈飘愈高，行星间那蓝色沉默的太空必然就像这么冰冷。

"请你了解，我并不想……"我结结巴巴地说，"我已经尽力了……"

我说的是实话。我，那个真正的我，并不想要，可是我怎能告诉她呢？怎么解释钢铁并没有意愿，然而法律是不可逃避的，精确无误的……

O 的脸从枕头上抬了起来，闭着眼睛说："走开！"可是她在哭，所以声音有点模糊，听起来像是"走该"，而我竟然对这种小地方念念不忘。

浑身冰冷、全身麻痹的我走出房间，来到外面的走廊上。外头，在玻璃之后飘浮着似有若无的轻雾。等到夜幕降临雾可能又会变浓。这晚又会发生什么事？

O 静悄悄地从我身边走过，去搭电梯。电梯门关上。

"等等！"我大喊，突然间害怕起来。

但是电梯已响了起来，下降、下降、下降。

她抢了我的 R。

她抢了我的 O。

可是，可是……

札记十五

提纲：瓦斯钟

　　平滑如镜的海

　　我注定永远受煎熬

　　我刚踏进打造"整体号"的船坞，副建造人就赶来找我。他的脸又圆又白，像是一只磁盘，而他的话就像是什么珍馐美食，盛放在盘子里："哎呀！前天你生病，我们这儿啊，唉，少了头子，就出了点小乱子了。"

　　"小乱子？"

　　"是啊！下班的铃声响了，大家都排队离开，谁知道，门房居然逮到了一个没有号码的人。我怎么也想不通他是怎么混进来的。他被带到了手术局，他们会知道怎么从那家伙口里问出究竟来的……"（这番话还带着最秀色可餐的笑容。）

　　手术局的成员是我们最优秀、经验最丰富的医师，他们直接听令于造福者。他们有各式各样的工具，其中的佼佼者是有名的瓦斯钟，究其根本也就是以前学校的老实验：把一只老鼠放到玻璃罐里，用空气帮浦 [1] 慢慢地抽干罐里的空气等等。不过瓦斯钟当然是更为完美的仪器，它使用各式各类的瓦斯，所以瓦斯钟不再只是用来折磨无助的小动物，而是有一个高贵的目标：保护一体国的安全，换句话说，就是维护百万人的幸福。大约是在五个世纪之前，手术局刚成立，有些笨蛋把手术局比拟为古代的宗教裁判所，这种模拟当然是不伦不类，就像拿拦路打劫的歹徒来比外科医师做气管切开术一样，他们手上或许拿着同样的一把刀，做着同样的事——割开一个活人的喉咙——但一个是救世济人的，一个却是罪犯；一个是正，一个是负。

这一切清清楚楚、明明白白——只需一秒钟，逻辑的机器只要跳一下就解决了。但是齿轮卡到了负号，截然不同的东西占了优势——钥匙圈，仍在门上摇晃。门显然是才关上，但是 I-330已经不见了，无影无踪了。这一点逻辑机无论如何也消化不了。是梦吗？可是即使是现在我仍感觉到右肩那奇异又甜蜜的疼痛——I-330 曾倚着这边肩膀，在大雾中挨着我。"你喜欢雾吗？"喜欢，我最爱起雾……我什么都爱，而且不管什么坚实的、新颖的、惊人的，一切都是好的……

"一切都好。"我大声说出来。

"好？"瓷器似的眼睛瞪得圆鼓鼓的。"哪里好？要是那个没号码的人得逞了……由此可见他们简直是无孔不入，就在我们的四周，随时随地……他们就在这里，在'整体号'的附近，他们……"

"他们是什么人？"

"我怎么会知道？可是我感觉得到，你了解吗？无时无刻。"

---

[1] 帮浦（pump），即泵。

"你有没有听说最近发明出来的手术——想象力切除术？"（我也是几天前才听说的。）

"我听说过，可是那跟这有什么关系……？"

"如果我是你啊，我就会去要求动手术。"

磁盘脸上隐隐浮现了酸柠檬的模样，这个老实人觉得大受侮辱，我竟然暗示他可能有想象力……好吧！换作是一个星期以前的我，我也会觉得是奇耻大辱，可是今天的我不会，今天的我知道我的确有想象力，知道我生病了。但我也知道我不想治疗，我不想，就是这样。我们登上了玻璃楼梯，底下的东西一清二楚，就仿佛是摊开在我的手掌心里。

各位在看这本札记的读者，无论你们是谁，你们的头顶上都有一个太阳。要是你们跟我现在一样曾病得这么重过，你们就会知道早晨的太阳是什么样子——可以是什么样子。你们知道粉红透明温暖的金黄，就连空气都微微透着玫瑰红，万物都充满了太阳高雅的鲜血，万物都活力充沛：石头生气勃勃又柔软；钢铁生气勃勃又柔软；人们生气勃勃，每个人都面带微笑。在一个小时之后，这一切都可能会消失，在一个小时之后，玫瑰红鲜血可能会涓滴流出，但在这一刻，每一样东西都活着。我还看见有东西在搏动，在"整体号"的玻璃血管中流动。我看见了——"整体号"在思索它伟大严肃的未来，它将要载去给你们，不知名的人，寻寻觅觅不停却永远找不到答案的人，载去给你们不可回避的幸福。你们将会发现你们寻觅的东西，你们将会幸福——幸福快乐是你们的责任，而你们不需要等太久了。

"整体号"的船身已大致完成：用我们的玻璃——如黄金般永恒，如钢铁般坚韧——建造的加长型椭圆球体，优雅美观。我看见内部有人在焊接横向的弯梁和纵向的舷橼板，船尾有人在装设火箭内燃机的底座。每隔三秒钟就会喷一次,每隔三秒钟"整体号"巨大的尾巴就会向宇宙空间喷出火焰和瓦斯，而传播幸福的强劲帖木儿[1]将高飞远走……

我看着底下的人以规律迅速的节奏行动，依照泰勒的系统，时而弯腰，时而挺直，像一架大机器的杠杆般运作着。管子在他们手中闪闪发光，他们用火切割及焊接玻璃的墙面、角皮、弯梁、角撑架。我看见透明玻璃怪兽起重机缓缓沿着玻璃轨道滑行，转动弯低，就和工人一样地服从，把一斗斗的东西送入"整体号"。一切动作合而为一：人性化的机器，完美的人类，这是最高境界、最让人激动的美、和谐、音乐……快点！下面的人！加入他们，跟上他们！

现在，肩并着肩，和他们一起熔接，卷入钢铁的节奏中……整齐划一的动作，丰满红润的脸颊，平滑如镜的额头，不受思想的疯狂所侵扰。我漂浮在平滑如镜的海洋上，我得到了休息。

冷不防有一个人转过来，淡淡地问："今天好多了吗？"

"好多了？什么好多了？"

"你昨天不是请假吗？我们还以为挺严重的呢……"他的额头发亮，脸上挂着孩子般天真的笑容。

我猛地红了脸。我没办法，没办法对这么一双眼睛说谎。我默默不语，渐渐灭顶……

那张又白又圆的瓷器脸从上头舱口探了下来。"嘿！ D-503,

---

[1] 帖木儿（1336—1405）为蒙古战士，曾征服自窝瓦河至波斯湾之地区，并建立从中亚到西亚的帖木儿汗国。

　　玻璃屋在灯光下闪烁，淡淡的玻璃天空，静止不动的泛绿夜色。但在这清凉寂静的玻璃底下却有一个狂暴、血红、毛茸茸的家伙无声的狂奔着。

　　半明半暗的房间，蓝色、橘黄色、墨绿色的皮革，佛陀的金色微笑，闪闪发光的镜子。还有——我做过的梦，此时此刻再简单不过——一切都注满了黄金粉红的树汁，随时会溢出，随时会迸射……

麻烦上来一下，这儿的角撑架有个框的硬度有问题，而且压力……"

我没听完下半段就冲了上去，我这是落荒而逃，可耻可怜。我不敢抬起眼睛，闪耀的玻璃阶梯在我脚下一级级闪过，每一步都让我的无助感增加：我在这里没有容身之处，我是罪犯，是中了毒的人。我再也不能融入规律的、精准的、机械的节奏中，再也不能漂浮在镜面般波纹不生的海洋上。我注定会永远受煎熬，颠沛流离，寻寻觅觅一个能够隐藏我这双眼的角落——不停地寻找，直到最后我找到力量进入那扇门，并且……

突然一簇冰冷的火焰烧穿了我：我——啊！我倒无所谓，可是我也得要举报她，而她就也会……

我爬出了舱口，停在甲板上，不知道该朝哪个方向转，不知道我为什么会上来。我抬头看，日正当中的太阳已露出疲态，懒懒地挂在天空。我下方是"整体号"，灰蒙蒙的玻璃，一点生气也没有。玫瑰红鲜血已滴尽了，很显然那一切只是我的想象，样样东西都和以前一样，然而同样明显的是……

"你是怎么了，D-503，你聋了吗？我叫了又叫……你是怎么回事啊？"副建造人冲着我的耳朵大喊，他一定喊了有一会儿了。

我是怎么回事？我失去了方向舵。内燃机启动，飞行器颤抖，以最高速冲出，却少了方向舵，没有控制板，而且我不知道我是朝哪儿飞：往下吧，不出一刻就会撞上地面；往上吧，那就会撞进太阳，飞进火焰……

札记十六

提纲：黄色
　　　二度空间的影子
　　　无可救药的灵魂

我有好几天没动笔了，我也忘了有多少天，反正那些日子都成了一天，那些日子都只有一个颜色——黄色，像是干透的灼热的沙，而且连一丝阴影、一滴水也没有……有的只是连绵不绝的黄沙。我不能没有她，但是自从她在古屋那天神不知鬼不觉地消失后，她……

那天之后我只见过她一次，是在每日的散步时间里。是两天、三天、四天前吧——我不确定，反正那些日子都是一天。她一掠而过，把黄色空虚的世界填满了一秒钟。而与她走在一起，只有她肩膀高的是那个弯弯曲曲的 S 跟那个纸片人医师。还有第四个人——我只记得他的手指，他的手指仿佛是射出制服袖子的一丛光线，不可思议的又薄又白又长。I-330举手向我挥舞。她越过邻人的头顶，朝那个手指像光线的人探身。我听见了"整体号"三个字，他们四个全都回头看我，随后就消失在灰蓝色的天空里，而马路再一次又变成了干焦的黄沙。

那天晚上，她有张来我这儿的粉红配给券。我站在显示器前，带着柔情，带着恨意，恳求它快点显示出I-330这个号码。但是门一扇扇关上，电梯里走出来的人有的苍白，有的个子高，有的黝黑，四面八方的百叶窗都放了下来，却依然不见伊人踪影。她没有来。

而很可能，就在这一刻，二十二点整，在我写下这段话的时候，她闭着眼睛，肩膀倚着某人，对他说："你爱我吗？"对谁说？他是谁？手指像光束一样的人，还是厚嘴巴又爱乱喷口水的R？还是S？

S……最近我为什么总是听见他扁平的脚步声，仿佛从小水塘里涉水而过？最近他为什么像影子一样跟着我？在我面前，在我旁边，在我后面——像一条灰蓝色、二度空间的影子。其他人会笔直地穿过去，踩在上面，可是它却总是在那里，像是用什么隐形脐带跟我绑在一起。会不会这条脐带就是她——I-330？我不知道。会不会观护人已经知道了我……

假如有人告诉你，你的影子看得见你，随时随地看得见你。你明白我的意思吗？突然间你有了最怪异的感觉：你的手不听使唤，反倒干扰你。我发现自己时常很可笑地挥动手臂，跟我的脚步完全不合拍。有时我又突然觉得必须要回头看，可是无论我多么努力，就是没办法回头，我的颈子僵硬了，死锁了。于是我拔腿就跑，愈跑愈快，用背部去感觉——我的影子也在后面愈跑愈快，而我无路可逃，无路可逃……

我终于独自一人在房里了。但连房里也有东西——电话。我拿起听筒。"对，I-330，麻烦了。"我又一次从听筒中听见了窸窣声，好像有人在走廊上走路，经过了她的房间，然后就没有声音了……我丢下听筒——我没办法，我没办法再忍受了，我必须跑去，跑去找她。

这件事发生在昨天。我赶到那儿，闲晃了一个小时，从十六点到十七点，就在她住的房子附近。号民从我身边走过，一排接着一排。上千只脚有节奏地踏着步子，一只长了百万只脚的怪兽飘浮过来，摇摇摆摆。只有我是一个人，被一阵风暴给卷到了荒岛上，苦苦寻觅，用我的眼睛在灰蓝的波浪中苦苦寻觅。

再过一会儿，只要再过一会儿，我就能看见那两条眉毛挑上太阳穴，形成讥诮的角度，那双暗色窗户似的眼睛，而在那双眼里，有着燃烧的壁炉，不停跳动的阴影。而我会直接跨进去，我会说："你知道我不能没有你，那为什么……"我会用温暖的、熟悉的"你"——只用"你"。

但她默然不语。蓦然间，我听见了沉默，我没听见乐坊播放音乐，这才恍然大悟已经超过十七点了，人人都走光了，只剩下我一个人，我迟到了。我的四周是一片玻璃沙漠，漫着黄色的阳光。平滑的玻璃道路仿佛水面，我看见闪耀的玻璃墙倒映在上面，还有我自己，头下脚上，嘲弄似的倒吊着。

我得赶快，这一秒就动身，我得赶到医务部去弄一份病假单，否则他们会把我带走……但说不定这样反倒好。就站在这里，平静地等着他们看见我，把我带到手术局——做个了断，立刻为所有的过错赎罪。

一阵隐约的窸窣声，一条上下弯曲的影子出现在我面前。看也不看，我就感到那支灰色的钢钻钻入了我身体。我做了最后的挣扎，挤出微笑说话——我非得说点什么不可——"我……我得去一趟医务部。"

　　"那你为什么不去呢？你为什么站在这里？"

　　我很可笑地头下脚上倒悬着，无言以对，因为羞耻而发烫。

　　"跟我来。"S不客气地说。

　　我乖乖听令，摆动着那条不需要、不像是属于我的手臂。我压根不可能抬起眼皮，我就这么一路穿过一个头下脚上的疯狂世界：一些奇怪的机器，底座在上；人莫名其妙地黏着天花板；而更下方，在所有东西的下面，天空却锁进了路面的厚玻璃里。我记得当时我最气的就是这一点，我的生命已到了尽头了，我看见的东西却是在这么一个上下颠倒、毫不实在的荒谬状态下。可是我就是没办法抬起眼皮不看。

　　我们停了下来。我面前有一道阶梯，再踏一步我就会看见那些穿着白色医师袍的人，那只巨大无声的钟……

　　我费了极大的力气才把视线从脚下的玻璃扯开，却赫然看见金灿灿的"医务部"几个字。那一刻我甚至没想到应该去思索他为什么会饶过我，为什么会带我来这里而不是手术局。我只是跨上阶梯，坚定地关上门，做了个深呼吸。我觉得从早晨开始我就没有吸过气，我的心脏就没有跳动过——直到现在我才吸了第一口气，直到现在我胸口的水闸才打开了……

　　医务部里有两个人：一个矮，两腿粗壮如水桶，用眼睛打量病人，仿佛要用头上的两只犄角把病人抵起来；另一个像纸片一样薄，嘴唇像发亮的剪刀，鼻子是最锋锐的刀刃……同样的那一个。

我冲向他，好像是冲向什么至亲的人，喃喃说着什么失眠、做梦、影子、黄色的世界等等。那张剪刀嘴绽开微笑。

"你的情况很糟糕！你显然是有了灵魂了。"

灵魂？这是个早已被遗忘的古代词语，我们有时是会用"扰乱灵魂""没有灵魂"等等说法，可是"灵魂"……？

"那会……那会很危险吗？"我嗫嚅着问。

"无药可救。"剪刀刷的一声打开。

"可是……这到底是什么意思？我有点不太……不太了解。"

"啊！是这样的的……唉，我要怎么解释呢？……你是数学家吧？"

"对。"

"这样的话——就拿一个平面，一个表面——这面镜子来说好了。镜面上有你跟我，是不是？我们眯眼看太阳。这里，管子里有蓝色的电光，那里，有飞车掠过的影子。这一切都只在表面上，只是暂时的。但是想象一下，这个不透性的常质被火给熔软了，再也没有东西能够从它的表面上滑过了，每样东西都会进入到它内部，进入这个镜子的世界——我们小时候充满好奇地去检查的世界。其实小孩子并没有那么愚笨，我跟你说。平面有了容量，变成了一个身体、一个世界，现在什么东西都进了镜子里面——进了你的里面：太阳、推进器的暴风、你颤抖的嘴唇、别人颤抖的嘴唇。你了解吗？冰冷的镜子会倒映、会反射，可是这一个却会吸收，而且不管什么都会留下痕迹——挥之不去。一分钟也好，某人脸上的一条皱纹也好，都会永远留在你的心里。一旦你听过寂静中落下一滴水珠的声音，你现在也会听到……"

"对，对，一点也没错……"我抓住他的手。我现在就听得见——水滴缓缓从洗手台的水龙头里往下落。而且我知道，这会跟着我一辈子。"可是为什么，为什么我会突然有了灵魂呢？我从来都没有过啊！可是突然间……为什么……别人都没有，偏偏是我……？"

我更用力抓紧那只瘦如纸片的手，我怕极了会失去这条生命线。

"为什么？为什么你没有羽毛，没生翅膀——却只有肩胛骨，翅膀的底部？因为翅膀没有需要了，我们有了飞车，翅膀反而碍事。翅膀是用来飞的，而我们没有地方可以飞：我们已经到了，我们找到了一直在寻找的东西，不是这样吗？"

我点头，却是迷惑不解。他看着我，发出手术刀般锋利的笑。另一名医师也听见了，迈着粗壮如水桶的腿从他的办公室啪嗒啪嗒走过来，用他兽角似的眼睛抵住了纸片医师，抵住了我。

"怎么回事啊？灵魂？你说是灵魂？要命了！要是照这么下去，我们很快就要回到有霍乱的年代了。我告诉你，（用犄角把那个纸片医师给挑了起来）我告诉你，我们一定得把想象力斩断才行。每一个人都是……把想象力根除，除了开刀，除了开刀之外没有别的法子……"

他在鼻梁上架了一副 X 光眼镜，绕着我转了好久的圈子，透视着我的骨头，检查我的脑部，在他的本子上写下几句。

"怪了，真是怪了！听着，你同不同意……用酒精保存起来？对一体国会是极大的贡献……可以协助我们预防传染病……当然啦，除非你有特殊的理由……"

"你知道，"纸片医师说，"D-503 是'整体号'的建造人，我相信那会妨碍……"

"嗯，嗯。"另一名医师哼了哼，又啪哒啪哒走回了他的办公室。

只剩下我们两个人。纸片手轻轻地、温柔地覆住了我的手，那张剪影脸靠过来，低声说："我私底下跟你说——你并不是唯一的一个。我的同事提到传染病并不是危言耸听。尽量记住——你难道没在别人身上注意到类似的、非常类似的情况吗？"他密切地盯着我。他这是什么意思？他这是在说谁？难道是……？

　　"听着。"我从椅子上跳了起来。

　　但是他已经大声说着其他的事了。"至于你会失眠、会做梦，我只有一个建议——多走路。从明天早晨开始，出去散个步……这样吧！就走到古屋好了。"

　　他又一次用眼睛刺穿我，露出他最单薄的笑容。而我似乎觉得，在那抹像是吹弹可破的纸张笑容中清楚地包裹着一个字，一个字母，一个名字，唯一的名字……还是说这又是我的想象力作祟？

　　我坐立不安，好不容易才等他写完今天和明天的病假单，我默默按了他的手一下，跑了出去。

　　我的心像飞车一样又轻又快，把我卷上了天空。我知道——明天有欢乐在等着我。会是什么呢？

札记十七

提纲: 隔着玻璃

　　　我死了

　　　走廊

　　我彻彻底底地糊涂了。昨天, 就在我认为每一团乱麻都已经
解开了, 每个 X 都求出了答案的那一刻, 新的未知数又出现在我
的方程式里。

　　这整件事的坐标起点当然就是古屋。最近构成我整个世界的
基础的所有 XYZ, 它们的轴线中心就是古屋。我沿着 X 轴 (五十九
街) 走向坐标的起点, 昨天发生的事有如旋风在我心里直打转:
上下颠倒的房子和人, 陌生得让人痛苦的双手, 发光的剪刀, 洗
手台清晰无比的滴水声——这一切都发生过, 都发生了一次。而
这一切, 撕扯着我的肉身, 疯狂地在我体内旋转, 在那被火熔软
的表面下, 亦即 "灵魂" 所在之处。

　　为了要执行医师的处方, 我刻意选择沿着成直角的两条线散
步, 而不是沿着直角三角形的斜边走。我已经走上了第二条线,

也就是绿墙墙脚的那条路。绿墙外那绵延无尽的绿海中升起了一波树根、花朵、树枝、树叶合成的野放海浪，它向后撤，但是一会儿之后，它会再卷过来，冲碎我，淹没我，而我不再是一个人——最精致、最准确的工具——我会变成……

幸好，还有玻璃绿墙挡在我和那片荒野的绿海之间。啊！能想出高墙壁垒，这是多伟大、多神圣的智慧啊！这可能是人类最伟大的发明了。人类唯有在建造了第一道围墙之后才不再是野蛮的动物；人类唯有在我们建造了绿墙，把我们完美的机械世界和有树木鸟兽的不理性世界隔离开来之后才不再是蒙昧的野蛮人。

隔着玻璃有某种愚钝的动物呆滞地、朦朦胧胧地瞪着我；黄色的眼睛，不停地重复着一个单一的、不可解的想法。我们俩彼此互瞪了好一会儿——那两只眼睛就是从表面世界进入到另一个世界——地下世界的竖井。而我心中浮现了一个问题：这个黄眼生物虽然活在杂乱肮脏的树叶堆中，过着没有计算的一生，但它会不会比我们过得更快活？

我举起手，黄眼睛眨了眨，向后退，消失在绿丛中。多么微不足道的生物啊！它怎么可能比我们过得快活嘛！真是胡思乱想。比我快活倒可能是真的，可是我是例外，我病了。

可是即使是我……不知不觉间古屋暗红色的墙已出现在我眼帘，当然少不了老妇人那张向内生长的嘴。

我冲向她。"她在这里吗？"

那张向内皱缩的嘴缓缓张开。"哪个她啊？"

"哦！那个，那个……当然是 I-330 啊……那天我们一起来过，搭飞车来的……"

"噢，是了……是了……"

嘴唇四周的皱纹像光束一样，黄眼睛也散发出狡黠的光芒，想要看穿我的心理，愈挖愈深，最后她说："欸……她是在这儿，她来了有一会儿了。"

她在这里。我看到老妇人的脚下长了一丛银色苦艾（古屋的庭院是博物馆的一部分，刻意按照史前的状态保留了下来）。一枝苦艾伸展到老妇人手边，她轻轻抚摸；一道黄色阳光射在她的大腿上。就在一瞬间，我、太阳、老妇人、苦艾、黄眼睛都合而为一，被看不见的血管给紧紧联结，一起搏动，流着同样激昂、光荣的血液……

记下这些让我觉得有点不好意思，可是我说过要在这本札记中完全坦白。好，再接着说：我弯腰吻了那张向内皱缩、柔软老迈的嘴。老妇人用手抹嘴，笑了起来。

我跑过熟悉的、阴暗的、有回音的每个房间——也不知为什么竟直奔卧室。一直跑到了门口，已经抓住了门把，我才想起了一件事：万一她不是一个人怎么办？我猝然止步，侧耳细听，但是只听见我自己的心跳声——不在胸腔里，而是在我的附近。

我进了房间。那张大床——平平整整，没人睡过。那面镜子。衣橱门上也有一面镜子，钥匙孔里插着那把有着古董钥匙圈的钥匙。但是房里一个人也没有。

我悄悄地喊："I-330！你在这里吗？"接着，我闭着眼睛，几乎不敢呼吸，好像已经跪在她面前似的，我压低声音又喊："亲爱的！"

寂静。只有水龙头的水滴滴答答落进洗手台。我说不上来是为什么，但是在那一刻，滴水声让我很是心烦。我把水龙头拧紧，走了出去。很显然她不在这里，也就是说她在某一间"公寓套房"里。

我奔下宽敞阴暗的楼梯，去开一扇又一扇的门，却全锁住了。除了"我们的"公寓之外，每一间都上锁了，但是我们的公寓又是空的……

话虽如此，我还是掉头回去，连我自己也不知道为了什么。我走得很慢，举步维艰；我的鞋子突然变成了铁铸的。我清楚地记得当时我在想我们总当地心引力是恒常不变的，其实错了，因此之故，我那些公式……

想着想着，突然楼下一扇门砰的一声响，脚步声匆匆越过地砖。我——再一次变得轻盈，比轻盈还要轻盈——冲向楼梯扶手，弯下腰，正准备要用一句话、一声喊，道尽一切："你……"

但我突然哑掉了：楼下方格窗框的阴影中，只见 S 的脑袋，扇着粉红色招风耳，一闪而过。

电光石火的一刹那，没有原因（我到现在还想不通是什么原因），我断定：不能让他看见我，绝不能让他看见我！

我踮着脚尖，紧紧贴着墙壁，偷偷摸摸溜上楼，朝没有上锁的公寓而去。

才到了门口，就听见他的脚步声重重落在楼梯上，他也上来了。门可千万别出声啊……我恳求着房门，但它是木头的，终究还是发出吱嘎一声。我的眼前一阵风似的掠过了绿、红、黄色的佛陀；我冲到了有镜子的衣橱门前：镜中的脸色苍白，眼神警戒，嘴唇……我的血液翻腾，我听见了木门又吱嘎叫……是他，是他……

我抓住了钥匙，钥匙圈摇来晃去。一段记忆掠过——又是灵光一闪，赤裸裸的，没有理由的想法："那一次 I-330……"我迅速打开了衣橱门，钻了进去，紧紧闭上了门，陷入一片漆黑。再一步，我脚下的地板晃动了起来。我缓缓地、轻轻地往哪里飘了下去，我眼前一片黑，我死了。

后来等我坐下来记录下这件奇怪的事件后，我搜寻记忆，也查了一些书。现在我当然明白是怎么回事了：那是一种短暂死亡的状态。古人对此很熟悉，可是就我所知，那是我们毫无概念的状况。

我不清楚我死去了多久，可能不超过五到十秒，但是我过了一会儿才苏醒过来，睁开眼睛。可是除了一片漆黑之外什么也看不到，而且我觉得我不断地在下沉……我伸出手，想抓住什么——却被快速移动的粗糙墙面给刮伤，一只手指流了血——这当然不是我病了的想象力在作祟。那么会是什么？

我听见我断断续续、颤颤巍巍的呼吸（要我承认我觉得很丢脸，可是这一切太出乎我的意料，也太无法理解了）。一分钟，两分钟，三分钟。下沉，下沉。最后，轻轻的一声砰，我脚下一直往下坠落的东西停止了。我摸黑找到了一个把手，用力一推，打开了一扇门，幽暗的光线射出来。我看见身后有个小小方形平台快速上升，我冲过去，却晚了一步。我被困在这里了，可是这里究竟是哪里我却不知道。

一条长廊。寂静像是有千吨重。拱形天花板上有一排灯——像是一排没有尽头、闪闪烁烁、颤抖不停的小点。这地方有点像是我们地底下的地铁坑道，却窄得多，建材也不是我们的玻璃而是古代的建材。我心里窜过一个想法——这是两百年战争时我们的祖先躲避战火的地下掩体……管他的，我还是得走下去。

我一定是走了有二十分钟了，忽然右转。这里的走廊比较宽，灯光也比较亮，隐隐约约还有嗡嗡声，可能是机器，也可能是说话声，我分辨不出来。可是我附近有一扇不透明又厚重的门，声音就是从门后传出来的。

我敲了一下，又敲一次，这次比较大声。嗡嗡声停了，不知什么金属碰撞了一下，门沉重地、缓缓地打开来。

我不知道是谁比较吃惊：站在我面前的竟然是那位刀锋般锐利的纸片人医师。

"是你？到了这儿？"说完他的剪刀嘴猛然闭上。而我——我几乎连话都不会说了——我默默瞪着他，听不懂他在说什么。他必定是叫我离开，因为他用纸张一样薄的身体把我推到了走廊比较光亮的地区，把我转了一个圈，在背上推了一把。

"可是……抱歉……我想要……我以为 I-330……可是我后面……"

"在这儿等着。"医师厉声说，随即消失。

真不容易啊！她总算就在我附近了，在这里——而"这里"究竟是哪里又有什么要紧呢？那熟悉的、杏黄色的丝衫，那咬人似的笑，那罩了层纱的眼眸……我的唇、我的手、我的膝都在颤抖，而在我的脑海中竟出现了最愚蠢的念头：颤动会产生声波，颤抖必然会发出声响，那又为什么听不见呢？

她的眼睛朝我睁开，一览无遗；我走了进去……

"我再也受不了了！你到哪儿去了？为什么？"我话说得很快，前言不对后语，仿佛是在呓语，同时眼睛紧紧盯着她不放。但也可能是我自己的想象。"有个影子老跟着我……我死了……在衣橱里……因为你的……那个……他讲话像剪刀……我有了灵魂……无药可救……"

"一个无药可救的灵魂！我可怜的人啊！"I-330 笑了起来，洒了我一身的笑声，我的呓语结束了，雨点似的笑声扩散开来，四周发光发亮，一切东西、一切东西都变美了。

医师又一次在转角出现——那位神奇的、了不起的、薄如纸片的医师。

"怎么回事？"他停在她身边。

"没事，没事！我等会儿再跟你说。只是一点意外……跟他们说我……唔，十五分钟后回来……"

医师又消失在转角后。她等待着。门关上了，传来闷闷的一声砰。接着 I-330 用她一边肩膀、手臂，她整个人慢慢地、慢慢地贴上我，往我的心脏插进了一根又尖又甜的针，愈插愈深，我们一起迈步，就我们两个——合而为一……

我不记得我们是在哪里又没入了黑暗，我们摸黑走上了楼梯，绵延不绝的楼梯，两人默默无语。我什么也看不见，但是我知道她跟我一样，闭着眼睛，盲目地走，她仰着头，牙齿咬着嘴唇——听着音乐，听着我几乎无法察觉的颤抖声。

我在古屋庭院中数不清的一个角落回过神来。这儿有一道围墙，断壁残垣就像光秃秃的架子和黄黄的牙齿。她睁开眼，说："后天十六点。"说完她就离开了。

这一切当真发生过吗？我不知道。后天就会揭晓。只有一道真正的痕迹——我右手上刮伤的皮肤，就在指尖上。但是，今天，在"整体号"上，副建造人又信誓旦旦地说他看见我不小心摸了打光轮，所以指头上才刮破了皮。哎，也许是这个原因吧，也许是。我不知道——我什么也不知道。

札记十八

提纲：逻辑丛林
　　　伤口及药膏
　　　再也不会

　　昨天我一上床就沉入最深沉的睡眠，仿佛一艘翻覆的、超重的船。周围是一片沉甸甸的、浓密的绿水，摇摆不定。接着我缓缓从底部升起，升到一半的时候，我睁开了眼睛：我在自己的房间，时间是早晨，仍是绿油油的、凝结的。一抹阳光斜照在衣橱的镜子上，阳光闪进了我的眼，让我无法睡满作息表上规定的睡眠时数。最好是把衣橱门打开，但我整个人像是卷进了蜘蛛网，连眼睛都被缠住了，我没有力气起来⋯⋯

　　但我还是起床了，而且打开了衣橱门——谁知镜子门后竟然是 I-330，忙着宽衣解带，全身玫瑰红。我这时候已经习惯了不可思议的事情，所以我记得我一点也不惊讶，什么问题也没问。我只是立刻踏入衣橱，喘息着，盲目而贪婪地与她结合。我现在倒是看清了：从黑暗中的一条缝，一道阳光如闪电般在地板上、在衣柜墙上炸开来，愈跑愈高——现在这道残酷的发亮刀刃落在I-330伸长的光裸颈子上——这实在是太可怕了，我受不了，我大喊出来，又睁开了眼睛。

我的房间。早晨，仍是绿油油的、凝结的。一抹阳光斜照在衣橱的镜子上。我自己——在床上。是场梦。但我的心却怦怦乱撞，不断轻颤，喷发出痛苦；我的手指痛，膝盖也痛。毫无疑问这一切都发生过，而我再也分辨不出何者是梦何者是现实了。无理数冲破了一切牢固的、熟悉的、三度空间的事物，而我周围不再是稳固的、磨光的平面，反而是多节多瘤的、毛茸茸的……

距离钟声响还有很久，我躺在床上思索，想解开这一连串奇怪的逻辑问题。

表面世界的每个方程式，每个公式都有与之对应的曲线或实体。但是对无理数公式，像是我的 $\sqrt{-1}$，我们却不知道有什么对应的实体，我们从来没见过……但它恐怖的地方就在于这些隐形的实体真的存在，必定存在，绝对是必定存在的；而且还是一个完整辽阔的世界，就在表面之外……

我没等钟响就跳下了床，在房里来来回回踱着方步。我的数学——截至目前是我迷失了方向的世界里唯一一座稳固不变的岛屿——也漂离了停泊处，不停地漂泊打转。难道说这个不合常理的"灵魂"，虽然我目前看不见，却是跟我放在有镜衣橱后面的制服靴子一样地真实吗？既然我的靴子不是疾病，那"灵魂"为什么是疾病？

我苦苦思索，却没办法在这片蛮荒的逻辑丛林里杀出一条路来。这片丛林就和绿墙外的那片一样诡异难料，潜伏着怪诞的、不可理解的、不用语言交谈的生物。我仿佛是透过厚玻璃看某个巨大得超出极限，同时却又细小得超出极限的东西，像是只蝎子，长了一根隐藏起来但不断在感应的尾刺——$\sqrt{-1}$……不过我看见的也可能是自己的"灵魂"，就像是古代传说中的蝎子一样，不计一切，心甘情愿螫刺自己……

钟响了，一天开始了。这一切，并没有死亡，并没有消失，只是被白昼的光线给掩盖了，就如看得见的物体，并没有死亡，只是被夜的黑暗给掩盖了。我的脑海里弥漫着一阵模糊轻颤的迷雾，透过迷雾我看见了一张张玻璃长桌，半球形的头颅整齐划一地、默默地细嚼慢咽。从迷雾的远处我听见了节拍器嘀嗒响，我和众人一样机械地默数到五十：每一口都必须咀嚼五十下。接着我又机械地跟着嘀嗒声下楼，在登记簿上写下我的号码——也是和众人一样。但是我觉得我和其他人是分开的，我是孤独一个人，有道柔软的墙挡住了外在的声响，而在这道墙后——我的世界……

可是话说回来，如果这个世界是我一个人的，那么何必写进这些札记里来？何必记录下这些荒唐的"梦"、衣柜、无止境的长廊？我很伤心地看见我的创作并不是赞颂一体国的一首和谐严谨的数学诗，而是某种奇幻的历险小说。唉！真希望这真的只是一本小说，而不是我目前的人生，充满了 X、$\sqrt{-1}$ 和瓦解的人生。

不过也许这样反而最好。我不知名的读者，你们跟我们相比几乎可以算是儿童，因为我们被一体国抚养长大，已经攀上了人类的巅峰。而你们，就像儿童一样，无论我给你们什么苦口的东西你们都会乖乖吞下肚，因为我在外面裹了一层最浓稠的冒险糖浆。

晚　上

你们熟不熟悉这样的感觉？搭飞车加速朝蓝蓝的天空盘升，开着车窗，任狂风从你的脸上呼啸而过。地球不见了，你忘了地球，它就像土星、木星、金星一样遥远。这就是我现在的写照。一阵暴风扑向我的脸，而我忘了地球。我忘了娇美粉红的O。但是地球仍是存在着，早晚还是得回到地球，而在我性交时间表上出现O-90的那天，我只是闭上眼睛不管。

今天晚上遥远的地球提醒了我它确实是存在着。

我听从医嘱（我是真心的，真心诚意想要复原），沿着我们精确笔直而空旷的玻璃马路晃了两个小时。其他的人都在演讲厅里，乖乖按照作息表的规定，只有我一个人……这一幕基本上就非常地不自然：试想看看，一只手指头从手上割掉，从整体割掉，一根分离的手指在玻璃人行道上跑来跑去，又弯腰又屈膝的。我就是那根手指。而最怪异、最不自然的事是这根手指丝毫没有意愿要黏回手掌上，和大家在一起。我只想做两件事，不是继续这样自己一个人，就是——唉！还有什么好支支吾吾的呢——就是跟她在一起，跟I-330一起，再一次透过肩膀，透过十指紧扣的手把我整个人都倾注给她……

夕阳西下了我才回家。傍晚的玫瑰红余光照耀着玻璃墙，照耀着蓄电塔的金色塔尖，照耀着我遇见的每个号民的笑语。多奇怪啊！夕阳余晖的角度和晨曦的角度分毫不差，然而所有的东西却都不一样了，连粉红的霞光都不一样：现在是宁静的，微微带着一点点的苦涩，而到了早晨却又会变成热辣辣的，喧哗而热闹。

楼下大厅的管理员U从洒遍玫瑰红光芒的一叠信封中拿了一

封信，交给了我。我在此重申：她是一位绝对高尚的女士，而且我很肯定她对我是友好的。可是每次我看见她那鱼鳃一样下垂的脸颊，我就忍不住直咬牙。

U用那只凹凸不平的手把信递给我，叹了口气。但她这声叹息只是微微吹动了隔离我和世界的帷幕：我整个人都注意着在我手掌心颤抖的那封信——里头无疑装着 I-330 的来信。

又一声叹息，这次仿佛还在下面加了两条重点线，特意强调。这一声让我暂时放下了信封，我抬头看：只见在那两片鱼鳃和半垂的脯睑眼睑之间露出了一抹怜悯的、掩藏的、黏黏的笑容。接着是"我可怜可怜的朋友"，加一声叹息，下面划了三条重点线，同时朝信封很轻地点了个头，轻得几乎看不见。基于职责，她当然是对信的内容了如指掌了。

"不，真的，我……可是为什么？"

"不，不，我亲爱的，我比你自己还要了解你。我观察你很久了，我看得出来你需要某个人和你手携手走完一生，这个人必须要是个阅世很深的人……"

我全身贴满了她那种黏糊糊的笑，仿佛在我全身涂满了膏药，为的是要盖住我手中颤抖的信即将撕开的伤口。最后从她那片脯睑的眼睑下响起了近乎呢喃的话："我会仔细想想，我亲爱的，我会仔细想想。放心吧！要是我觉得自己够坚强了……不，我得先仔细想想……"

伟大的造福者！难不成我是要……她的意思难道是……

我的眼前一片昏花，上千个正弦曲线，那封信在我的手上跳动。我走向墙壁，靠光线近一点。阳光愈来愈弱，那惨淡阴暗的深红余晖飘落，愈积愈厚，落在我身上、地板上、我的手上、那封信上。

我撕开信封，迅速地瞥了一眼——那签名，那伤口：不是 I-330，是……O。还有另一个伤口：信纸的右下角有一点水渍——是水滴落下造成的……我讨厌污点，不管是什么原因造成的，墨水或是别的东西都一样。我知道以前我一定会感到很讨厌，我的眼睛会因为那讨厌的污点而不舒服。但是又为什么这一个灰色的小点会像乌云一样，把一切变得愈来愈阴暗，愈来愈沉重？难道说这又是我的"灵魂"作祟？

那封信

你知道……也可能你并不知道……我没办法说得很贴切，反正也无所谓了。现在你已经知道，少了你，我就好像没有了白昼，没有了清晨，没有了春天。因为 R 在我眼里只是……算了，你不会有兴趣知道的。无论如何，我都很感激他。少了他，我自己一个人，这些日子，我不知道我怎么能……这些个白天黑夜，我像是过了十年、二十年。我的房间仿佛不再是长方形，而是圆形的，找不到起点，也找不到尽头——只是不停地绕，四面八方都一样，到处都没有出口。

我不能没有你——因为我爱你。因为我了解，我明白：今天你谁也不需要，除了她之外你谁也不需要，而……你知道，就因为我爱你，我必须……

我需要两三天的时间来把我自己的碎片拼凑起来，多少恢复到以前的 O-90，然后我会亲自去告诉他们我

撤回对你的登记。你一定会松口气，你一定会快乐。我
再也不会来了……别了。

O

再也不会来了。是的，这样比较好，她说得对。可是为什么，
又为什么……

札记十九

提纲：三次无限小

　　　戚额的一瞥

　　　翻过栏杆

在那条有着一排闪烁幽暗灯光的诡异走廊里……错了，错了，不是那里，是再晚一点，我们已经在古屋庭院某个隐蔽的角落里……她说："后天。"也就是今天，而不管什么都像是长了翅膀，白昼飞逝，我们的"整体号"也准备要飞行：火箭内燃机已装设完成，今天做过了地面测试，好个有力宏伟的爆冲，对我而言，每一次的爆冲都是向她致敬，唯一的，独一无二的——向今天致敬。

　　第一次点火时，船坞里大约有十二名号民忘了闪避，结果除了一些碎块和煤灰之外，他们尸骨无存。我在此很骄傲地记录下我们的工作节奏丝毫没有紊乱，甚至连一分钟停顿都没有，没有人退缩；我们和机器都继续我们直线及环形的动作，和以前一样的精准，仿佛什么也没有发生过。十名号民在一体国全体人口中还不到亿分之一强，实际一点说，这也不过是三次无限小。只有古人会因为在算术上民智未开而胡乱同情，我们可觉得荒诞不经。

昨天我也是一样荒诞不经，为了一个小小的灰点大费心神，甚至还为此写入了札记。其实这一切不过就是同样的那种现象，那个原本应该如钻石般坚硬，如我们围墙般坚硬的表面"软化"了。

十六点整。我并没有去散步。谁知道呢？说不定她忽然想要现在过来，趁着每样东西都映着一圈阳光时……

整栋大楼里几乎只有我一个人。透过浸透了阳光的墙我能看见远处，右边左边下方，一个个空房间在空中悬浮，每一间的面貌都相同，有如在照镜子。只有阳光下隐约透出形状的淡蓝楼梯上，有条前倾的灰色影子向上移动。这时我听见脚步声了——而且我透过门看到门外——我感觉那黏糊糊的笑容黏上了我，经过了我的门口，又下去另一个楼梯……

显示器响了。我紧紧盯着狭窄的白色显示窗，看见了……看见了某个不熟悉的男性号民（号码是以一个辅音开头的）。电梯响动，电梯门关上。在我面前出现了一个沉甸甸的额头，漫不经心地斜斜嵌在一张脸上。而那双眼睛……叫人奇怪，仿佛他是用那个蹙着眉头的额头，眼睛所在的地方说话。

"她给你的信。"那凸悬在外的额头说。"她请你照着信上的话做。"

从那个突出的额头，那块突岩下，一双眼睛扫视了一圈。没有人，这里没有别人。来吧，把信给我！他再扫视了一圈，把信交给了我，离开了，留下我一个人。

不，不是一个人。信封里装着粉红配给券，还有似有若无的香气——她的香气。是她，她会来，她会来找我。草草拆开了信封，要用我的眼睛亲眼证实这个消息……

不，不对，这不可能是真的！我又读了一次，跳过好几行："配给券……别忘了放下百叶窗，就像我真的在那里……绝对要让他们以为我……我非常非常抱歉……"

我把信撕了个粉碎。镜中有那么一秒钟，我的眉毛扭曲变形。我拿起配给券，要像撕了她的信一样也撕个粉碎……

"她请你照着信上的话做。"

我的手缓了下来，配给券落在桌上。她比我强，恐怕我会乖乖照她的话去做。不过……不过，谁知道呢？走着瞧吧！还有很长一段时间才到晚上呢……配给券就落在桌上。

我看见镜中我那苦闷的、扭曲的眉头。我今天为什么不去跟医生开个病假证明？那我就可以不停地走下去，绕过整道绿墙，最后往床上一倒——倒进睡梦深处……可是我必须要到十三号演讲厅去，我必须要上紧发条，坐上两个小时——两个小时——动也不能动……但我这个时候只想要大吼大叫，捶胸顿足。

演讲。好奇怪，来自闪亮仪器的声音竟不像往常是金属的声音，而是柔柔的、毛茸茸的、青苔一样的声音，是个女性的声音。我想象着她从前的样子：娇小、身躯微弯的老妇人，就像是古屋的那名老妇。

古屋……一想到这里我就像是泉水从地底喷涌而出一样——我用尽了全身之力才克制住自己，否则我的尖叫声必定会淹没了整个演讲厅。

软绵绵、毛茸茸的话语从我的左耳进右耳出，只觉得是和儿童有关，和养育孩子有关。我就像摄影的感光板一样，以一种疏远的、漠不关心的、毫无知觉的精准把一切都印在脑海里：一弯金黄的圆弧——是光线反射在扩音器上；圆弧下方有个婴儿，一个活生生的例子，他正伸手去够圆弧；小小制服的衣襟含在他的口里；一只小手紧握着拳头，小拇指包在拳头里；手腕上有一道淡淡的阴影，一道圆润的小肉褶。我像摄影感光板，记录下一切：一只光脚垂到了桌边，粉红色的小脚趾像扇子般张开，在空中乱踢——再一下他就会滚到地上。

一名女性尖叫，一个号民张开制服上透明的翅膀，飞向讲台，接住了小孩；她的唇贴着小手腕上那道肉褶；把孩子抱到桌子中央，再从讲台下来。我的心机械地印下了那两边嘴角往下撇的圆弧红唇，大大的蓝眸子里泪水盈眶。是O-90。哦！对了，我仿佛是读了什么和谐的公式一样，猛然间了解了这桩微不足道的小意外是必需的，是合逻辑的。

她在我左后方坐下，我回头瞧了一眼；她驯服地把眼光从桌上的婴孩身上移开，眼睛转向我，进入我，而又一次她、我、讲台上的桌子——三个点，而穿过这三个点的是线条，是某些不可避免的、仍然看不见的事件的投射。

我沿着绿色的、薄暮的街道走路回家，街道上已经有零零星星的灯光闪烁了。我听见我自己像面钟一样嘀嗒响，而钟的长短针再一会儿会通过某个数字——我会做出一些无可挽回的事情来。她，I-330，需要让某人以为她是和我在一起，而我需要她，我才不在乎她的什么"需要"。我可不想当别人的窗帘——我不要。

在我身后响起熟悉的脚步声，就像是涉水走过水塘。我不用回头张望，就知道他是S。他会跟着我到门口，之后他或许会站在楼下、人行道上，他的钻子似的眼往上钻，钻入我房间——一直到百叶窗放下，遮掩住某人的罪行……

他，我的守护天使，为我的思绪画下了一个句点。我决定了——不，我就是不要。我决定了。

我进入自己的房间，打开了灯，我真不敢相信自己的眼睛：O竟然站在桌边。也许该说是挂在桌边，像一件从身体上脱下来的空洋装。她的衣裙下似乎连一点生气都不剩，她的手无力地垂着，没有生气；她的腿，她的声音都软绵绵地垂着。

"我……我那封信。你收到了吗？收到了？我必须要知道答案，我非知道不可——现在。"

我耸耸肩，暗自窃喜，仿佛可以把所有的罪过都算在她头上，我望着她快要溢出泪水的蓝眼睛，迟迟不作答。接着，带着喜悦，我一个字一个字刺伤她，说："答案？好吧……你没说错，一点也没错，每件事都让你说对了。"

"那么……（她想要用微笑来掩饰颤抖，但我还是看见了）很好！我这就走——我马上就走。"

她伫立在桌边，眼睑低垂，手臂、腿脚软弱无力。另一个人的粉红配给券仍然皱巴巴地摆在桌上。我迅速打开了《我们》的手稿，把配给券给盖住——与其说是为了不让O看见，其实是不让我自己看见。

"你看，我还在写，已经写了一百七十页了……内容变得非常出乎意料……"

一个声音，应该说是声音的影子说："你记不记得……第七页……我滴了一滴泪，而你……"

蓝色大眼睛里的泪水，无声地、匆匆地满溢了出来，落在脸颊上，而话语也匆匆地满溢了出来。"我不能，我马上就走……我再也不会来了……就随你的意思吧！可是我想要，我一定得要你的孩子——给我一个孩子，我就会走，我会走！"

我看见她制服底下的身体抖个不停，我觉得再过一会儿，连我也……我把双手放在背后，露出微笑。

"你似乎急着想试试造福者的机器啊？"

而她的答话，像是漫过水坝的河流："我不在乎！可是我有感觉，感觉到它在我体内，就算是只有几天……我想看见，就算只有一眼，去看见那道小小的肉褶子，就像那一个，演讲厅桌上的那个。只要一天也好！"

三个点：她，我，还有那个躺在桌上、握着小小的拳头、腕上有圆润的肉褶……

我记得我小时候有一次被带到蓄电塔，在塔顶上，我趴在玻璃栏杆上往下看。底下的人像一个个小斑点，而我的心甜蜜地怦怦跳：要是一个不好……？当时我只是更加用力抓紧栏杆，现在我却撒手往下跳。

"你真的要？明知道……"

双眼紧闭，仿佛面对着太阳，她露出了带泪的、灿烂的笑容。"是的，是的！我要！"

我从手稿下拿出了粉红配给券——别人的配给券——跑到楼下，交给值班的管理员。O抓住我一只手，喊了什么，但我一直到回房之后才明白她说了什么。

她坐在床沿上，两手交锁，摆在膝盖之间。"那是……她的配给券？"

"有什么关系吗？没错，是她的。"

什么东西裂开来，也可能只是O动了动。她坐着，双手夹在膝盖间，默默不语。

"怎么样？快点吧……"我粗鲁地抓住她的手，在她的手腕上留下了红印（明天会转为蓝色），就在孩子似的丰润肉褶上。

这就是最后了。接着是清脆的关灯声，所有的想法都消散了，唯有黑暗、光点——我翻越了栏杆，往下坠……

札记二十

提纲: 放电
　　　思想的材质
　　　零度峭壁

放电——这是最贴切的定义。现在我知道那就像是放电。我最近的脉搏变得更加干燥，更加快速，甚至更加紧绷；正负两极愈来愈接近——已经发出了干裂声——只要再一毫米就会爆炸，接下来就是一片死寂。

现在我体内的每一处都非常安静空虚，恍如在一栋人都走光了的屋子里，而你独自躺着，病着，清晰无比地听着你的思想金属似的嘀嗒声。

也许这个"放电"最终治好了我苦闷的"灵魂"，我又像我们所有的人了。至少我现在可以不带痛苦地看见 O 站在立方广场的台阶上，我能看见她罩在瓦斯钟下。要是她在那里，在手术局供出了我的名字，那也无所谓：在我生命的最后一刻，我会虔敬地、感激地亲吻造福者那只惩罚的手。身为一体国的一员，接受惩罚是我的权利，我不会抛弃这份权利。我们这些国家的号民不应该也不能够放弃这份权利——这是我们唯一拥有的权利，因此也是最珍贵的权利。

我的思绪静静地嘀嗒响，声音有如金属般清脆。一辆隐形飞车把我带入了我最喜爱的抽象概念的蓝色高峰上，而在那里，在最纯净最稀薄的空气中，我看见了自己对"权利"的看法就像是充气的轮胎一样，砰然破裂。而且我清楚地了解那不过是退步到古人的荒谬偏见——他们对"权利"的概念。

有的思想是泥土捏的，有的思想是黄金或我们宝贵的玻璃雕琢出来的。为了要判断思想的材质是什么，只需要滴一滴强酸就会水落石出。古人也知道其中一样强酸：reductio ad finem（还原剂）。我想他们是这么称呼的。可是古人害怕这种毒物，他们宁愿看见一个泥塑的天堂，一个玩具天堂，也不愿看见一个蓝色的空无。但是我们——多亏了造福者——却是成人，我们不需要玩具。

试想，一滴强酸滴到这个"权利"的想法上。即使是古人，最成熟的古人也知道权利的源头是力量，权利就是力量的一个函数。所以我们有了天平：一边是一克，一边是一吨；一边是"我"，一边是"我们"——也就是一体国。这么一来事情不是很明显了吗？设想这个"我"在国家的管辖下能够拥有一些权利，这不就和设想一克能够平衡一吨一样异想天开吗？所以有了分别：权利归于吨，责任归于克。而从"不存在"到"伟大"的自然道路就是要遗忘你是一克，感觉自己是一吨的百万分之一。

诸位脸颊红润、体格健美的金星人，还有诸位黑得像铁匠的天王星人，我听见你们在我蓝色的静默中喃喃反对。可是你们必须要学着了解：举凡伟大的都是简单的；唯有算术的四则运算是恒久不变的，唯有奠基在四则运算之上的道德规范才可能是伟大的、不变的、永恒的。这是最高的智慧，金字塔的塔顶，是人们满身大汗，又累又喘，攀爬了几世纪的顶点。从这个顶点看下去，什么都在下面，在深壑里，我们野蛮的祖先残留在我们身上的遗迹仍在深壑里蠕动，有如一堆可悲的虫子；顶点底下的一切都是相似的：违法生育的母亲O、杀人犯、胆敢把诗作朝一体国脸上丢的狂人。而给予他们的审判也是相同的：死刑。这是住在石屋的人类在历史的黎明绽放出粉红的、天真的曙光之时所梦想的神的正义。他们的"上帝"在惩罚亵渎神圣教会的人时，也是以残酷的死刑为惩罚的。

诸位天王星人，你们像古代西班牙人一样生性冷酷，肤色黝黑，他们有智慧把不法之徒烧死在熊熊烈焰之中。你们默然无言，我想你们是站在我这边的。可是我听见面色红润的金星人嘀咕着什么折磨、处刑、倒退到野蛮年代的话。我亲爱的朋友啊！我可怜你们：你们没有能力做哲学和数学思考。

人类历史就好像飞车，一圈一圈向上盘升。每个圆圈都不同，有些金黄，有些血腥。但是全都平均地分成了三百六十度，而运动则是从零度开始——向前运转，转到十度、二十度、两百度、三百六十度——再回到零度。是的，我们回到了零度，没错。但是在我数学的心里，我很清楚这个零是完全不一样的零，是崭新的一个零。我们从零度开始，转到右边，从左边回到零度。所以不是加零，而是减零。你们了解吗？

我把这个零想象成一面巨大的、安静的、狭窄的、刀刃般锋利的峭壁。在浓烈的黑暗中，我们屏住呼吸，从零度峭壁这边的

　　我的眼前一片昏花，上千个正弦曲线，那封信在我的手上跳动。我走向墙壁，靠光线近一点。阳光愈来愈弱，那惨淡阴暗的深红余晖飘落，愈积愈厚，落在我身上，地板上，我的手上，那封信上。

　　整栋大楼里几乎只有我一个人。透过浸透了阳光的墙我能看见远处，右边左边下方，一个个空房间在空中悬浮，每一间的面貌都相同，有如在照镜子。

暗夜出发，几个世纪以来，我们这些哥伦布不停地航行、航行，我们环绕了整个地球。好不容易，万岁！爆出震天价响的一声喝彩，人人爬上了桅杆：我们眼前出现的是零度峭壁那未知的一边，被一体国的极光所照亮的一边——那是淡蓝色的陆块，散发出火花、彩虹，像是有上百个太阳，上亿的彩虹……

要是我们距离另一边，峭壁黑暗的那一边只有一把刀的宽度呢？刀子是人类最强固、最不朽、最灿烂的发明。刀子曾用在断头台上，刀子是斩断所有死结最普遍的工具；而在刀锋上则是似是而非的议论铺成的道路——唯有无畏无惧的心才能够踏上的道路。

札记二十一

提纲：作者的责任
　　　冰面隆起
　　　最艰辛的爱

　　昨天是她的日子，她又一次爽约，也又一次送来一封不清不楚的短笺，里面什么也没说。但是我很平静，完完全全的平静。我遵照了短笺上的吩咐，拿着她的配给券到楼下管理员那儿，放下了百叶窗，独自坐在房间里，但那不是因为我无法抗拒她的意愿。开玩笑，当然不是！我会那么做只不过是因为放下百叶窗可以躲开那一堆有药膏治疗功效的笑容，让我能静静地写札记。这是第一个原因，第二个原因是我怕万一失去了 I-330，我就失去了开启所有未知数的钥匙（衣柜事件、我短暂的死亡等等）。就算只是身为这本札记的写作者吧，我也有责任要找出答案来。更何况人类在根本上就敌视未知数，而"智人"唯有在文法上完全摆脱了问号，只剩下惊叹号、句点、逗点之后才能是名副其实的有智能的人。

于是今天完全是出于作者的责任，我才会在十六点搭乘飞车，再一次到古屋去。我冒着强风飞行，飞车艰难地跋涉过气流的丛林，无形的枝丫抽打鞭笞着飞车。我底下的城市几乎整个是用蓝色的冰块建造的。突然间，迎面来了一团云，顷刻间洒下了一片斜影，冰块变得沉重，有如春天河流上的冰面隆起，而你立在河岸边等候：只消一分钟，一切都会爆开，泼洒出来，打着漩子，汹涌着冲向下游。但几分钟过去了，冰面仍凝结不动，你倒觉得你自己开始隆起，你的心跳加速，愈来愈快，愈来愈让你心神不宁（我写下这些干吗？这些奇怪的感觉又是打哪儿来的？因为绝不会有哪种破冰机能够粉碎我们这最透明、最耐久的水晶……）。

古屋入口没有人，我绕了一圈，在绿墙附近找到了老迈的守门人。她一手遮着眼睛，抬头看着天空。围墙上空有黑色的鸟类盘旋，乍看像锐利的三角形，它们尖叫一声，俯冲下来，撞上了隐形的电波，撤退回去，又一次盘旋在绿墙的上空。

我看见鸟群倾斜的影子掠过她黧黑、布满皱纹的脸，也掠过她迅速瞟向我的眼睛。

"这里没人，没人在！一个人也没有！犯不着进去，犯不着……"

她说"犯不着"是什么意思？真是莫名其妙——把我当成了某人的影子！但是如果这一切都只是我的影子呢？难道不是我填满了这一页页的纸张吗——不久之前这些纸不过是白色的长方形沙漠呢？要不是我带领的话，那些在狭窄的线条小路上向前迈进的人能看到这些点点滴滴吗？

当然我什么也没对她说。根据我自身的经验，我知道最残忍的事莫过于让一个人怀疑他自己的现实世界——他自己的三度空间现实。所以我只是冷淡地跟她说她的责任就是开门，接着她就让我进入了庭院。

空荡荡的，静悄悄的。绿墙之外风呼呼地吹，遥远模糊，正如那天我们两个肩并着肩，两人合而为一，从下面上来，从长廊出来一样——如果确有其事的话。我走在石头拱门下，我的脚步声在潮湿的穹窿间回响，似乎响在我的身后，就像有人跟在我后面。露出红砖痕迹的黄墙看着我穿过幽暗的方形玻璃窗，看着我打开了谷仓吱嘎乱响的门，搜寻每一个角落、死巷。篱笆上一道院门，一片荒凉的空地——尽是两百年战争的遗迹。从地面露出光秃秃的石头肋骨，张大着嘴的黄色围墙。一座古老的火炉有一根笔直的烟囱，像是一艘永远石化的船，搁浅在红黄色的砖海中。

我觉得之前看过这些黄色的牙，隐隐约约的，像是隔着一层水看见的，就在一座深湖的湖底。我开始搜寻。我跟跄走过坑洞，踢到石头，制服被生锈的爪子钩住，大颗咸咸的汗珠从我的额头渗出，流进了眼睛……

不在这里！我到处都找不到那个通往下方、通往长廊的出口。它不见了。其实这样反而比较好：那个什么出口很可能是我自己做的那些莫名其妙的"梦"。

精疲力竭又满身尘土和蜘蛛网，我伸手打开了回到主庭院的院门，蓦然间我的身后传来沙沙声，像踩水的步伐，我一转身——果然是长了一对粉红招风耳的S，绽开他双重弯曲的微笑。

他眯着眼睛，拿着他的钻子刺穿我，问道："散步吗？"

我默不作声，两只手不像自己的。

"那么你觉得好多了吗？"

"好多了，劳你关心。我想我快恢复正常了。"

他放开了我——抬起眼睛，仰起头，我这还是第一次看见他的喉结。

在我们头顶，不超过五十米的距离，有几辆飞车在盘旋。从慢速飞行，贴近地面的高度和垂下的黑色观察管来判断，我认出了那是什么：是观护人的飞车——而且不是寻常所见的两三辆飞车，而是十到十二辆（很遗憾，我只能说出一个大概的数字）。

"今天为什么出动这么多？"我大着胆子问。

"为什么？哦……真正的医师会在一个人还健康的时候就开始治疗，因为他可能会在明天或是后天或是一个星期内才会发病，这叫作预防胜于治疗！"

他点头，又啪哒啪哒走过庭院的石板地，又停下来，扭头说："小心啊！"

我单独一个人。静悄悄的，空荡荡的。距离绿墙墙头很远的地方风吹鸟飞。他到底是什么意思？

我的飞车迅速地顺着风势滑下。云朵投下有轻有重的阴影；下方是蓝蓝的圆屋顶，一个个的玻璃冰块变得铅一般重，慢慢隆起……

傍　晚

我翻开手稿写下一些想法，我相信对诸位，我的读者会有用。这是我对即将到来的"全民一致日"的一点感想。正要动笔，我忽然明白今晚我没办法写。我一直在聆听风用黑色的翅膀扑打窗户的声音，我不时回头，等待着。等什么呢？我不知道。后来那熟悉的褐中带粉红的鱼鳃出现在我房间，我承认我很高兴。她坐下来，轻轻抚平落在两膝间制服上的皱褶，很快地用她的微笑帮我涂满了膏药，每个小细缝都没放过——我发觉自己愉快地、牢牢地给绷带包扎住了。

"你知道，我今天去上课（她在儿童饲养厂上班），在墙上看见了一幅讽刺漫画。对，对，我跟你说，他们把我画成了一条鱼。也许我真的……"

"噢！不，不，怎么会嘛！"我赶紧说（近看的话，她的脸上确实没有一个地方像鱼鳃，我以前说什么鱼鳃脸之类的话根本就说错了）。

"欸，反正不重要。可是，你知道，问题出在这种行为可要不得。我当然是报告了观护人。我很喜欢孩子，我也相信最艰辛最高贵的爱就是——残酷。你了解吗？"

我当然了解！这和我的想法不谋而合，我忍不住把我的札记二十念了一段给她听，第一句就是"我的思绪静静地嘀嗒响，声音有如金属般清脆"。

我没抬头就看见她褐中带粉红的脸颊在轻颤，贴得我愈来愈近，这时她用又干又硬几乎会扎人的手覆住了我的手。

"给我看，给我看！我会记录下来，让孩子们背下来。我们比你的那些金星人更需要，我们需要它——今天，明天，后天。"

她扭头看后面，几乎是在耳语："你听见了吗？他们说在全民一致日那天……"

我跳了起来。"什么？他们说什么？全民一致日怎么样？"

舒适的墙壁消失了，瞬间我觉得自己给摔了出去，摔到了狂风怒吼、倾斜的黄昏云团降得愈来愈低的地方……

U果断地、稳稳地攫住我的肩膀，我注意到她仿佛是反应了我的激动，她骨瘦如柴的手指在发抖。

"坐下来,我亲爱的,别那么激动。传闻每天都有,没什么要紧。真要是的话——要是你需要,那天我会陪着你。我会找别人来照顾我的孩子,陪你一起去,因为你,我亲爱的,也是个孩子,而你需要……"

"不用,不用。"我挥手制止她。"当然不用!那你不就真把我当成孩子一样了嘛,以为我不能……自己一个人……当然不用!"(我必须承认那天我有别的计划。)

她微笑,那一笑的含义不言而喻。"哎,真是个顽固的孩子!"她坐下来,低垂着眼睑,轻轻抚平落在两膝间的制服皱褶,随即又谈起了别的事。"我想我必须决定……为了你好……不,拜托,别催我,我还得要再想想……"

我没有催她,虽然说我了解我应该感到高兴才是,再说也没有比为某人的晚年增光更高的荣誉了。

这天我在梦里被翅膀折腾了一整晚。我走来走去,用手抱着头,躲开那些翅膀。还有那张椅子,不是我们的椅子,不是现代的玻璃椅,而是一张古代的木椅,像马一样移动——右前脚、左后脚、左前脚、右后脚。它跑到了我的床边,爬上了床,而我跟那张木椅做爱,既不舒服又痛苦。

真是奇怪了:难道没有人能发明一种疗法来治疗这个做梦病?或是把它转变成某种理性,甚至有用的东西吗?

札记二十二

提纲: 凝固的波浪
　　　一切都完美了
　　　我是病菌

　　想象一下你站在海岸边，波浪有节奏地涌起，涌着涌着，突然不动了——冻结了，凝固了。够诡异，够不自然了吧？同样的，我们每日的散步，作息表排定的散步时间，突然半途截断了，当然人人都会陷入一团混乱之中。上一次发生类似状况，根据我们的年鉴记载，是一百一十九年之前，一块冒着烟的陨石呼啸着从天而降，直接掉落在密密麻麻的行进人群间。

　　我们像往常一样散步，走得就像古代亚述帝国的浮雕一样：一千颗头颅，两只融合在一起有如一体的脚，两条摆动动作一致的手臂。大道尽头，蓄电塔严谨的运转之处，一个长方形队伍朝我们移动。前方、后方、两侧都是警卫；中央有三个人，他们制服上的金色胸章已被摘下。事情惊人地清楚。

　　蓄电塔上的巨钟像一张脸，从云层中探出头来，吐出秒数，漠不关心地等待着。接着就在十三点零六分，长方形队伍出了岔子。出事地点距离我相当近，我看见了每一个细节；我清楚记得那条又细又长的脖子，和太阳穴上蜘蛛网似的蓝色血管，就像是某些迷你未知世界地图上的河流，而这个未知的世界显然是个非常年轻的人。他必然是注意到了我们这一列中什么人，他踮起脚尖，伸长脖子，停下了脚步。嗒一声，一名警卫挥出了发出蓝色火光的电鞭，他小声尖叫，活像只小狗。紧接着，一连串的嗒，大约每两秒响一次：一声嗒，一声尖叫，一声嗒，一声尖叫。

我们继续踩着有节奏的、亚述浮雕似的步伐，我看着优雅的"之"字形火光，心里想：人类社会中的一切都一直在完美化——而且也理当如此。古人的鞭子简直是令人作呕的武器，相较之下，我们的有多美丽，多……

就在这一刻，一名苗条柔顺的女性像是从全速运转的轮子上脱离的螺帽一样，脱离了我们的队伍，高声大喊："够了！住手——！"她扑向了长方形队伍，就像一百一十九年前的那颗陨石。整个散步队伍都停顿了下来，而我们这几列的人就像是灰色的浪头突然被寒霜给冻结了。

一时间，我也和其他人一样，瞪着她看，不知她是谁。她不再是号民，她只是个人类，她的存在只是一种形而上的物质，是掴打在一体国脸上的侮辱。但是她做了某一个动作——转过身来，她的臀向左旋——我心里立刻有了感觉：我知道，我知道这具身体，像鞭子一样柔顺！我的眼，我的嘴，我的手都知道！在那一刻我是全然的肯定。

两名警卫跨步向前阻拦她，一秒钟内他们的轨道就会在镜子似的路面上交会，一分钟内她就会被捕……我的心脏猛撞了一下，不动了，脑子一片空白——这么做可以吗？还是绝对禁止？合理吗？还是荒谬？——我冲向了事发地点。

我感觉到上千只受惊的、瞪大的眼睛盯着我，但这只是让那从我身上挣脱而出的多毛野性的另一个我更加气急败坏，更加兴高采烈，更加孔武有力，让他跑得更快。只差两步。她转过来……

在我面前的是一张颤抖着、长满雀斑的脸，红色的眉毛……不是她，不是I-330。

心头一阵狂喜，我想要大喊"对，逮捕她！"之类的话，可是我只听见了一声低语，我的肩上也多了沉沉的一只手。我被捕了，我会被带到某处，我急着想解释……

"不，不，你们搞错了，我是以为……"

可是我该如何解释记录在这些书页上我的情况、我的疾病呢？我只能乖乖服从，跟着他走……被强风从树上吹落下的树叶驯服地向下飘落，在空中飞旋，想攀住每一根熟悉的树枝、分权、节瘤。而我也一样想向每一个沉默的球体头颅，向冰块般透明的墙，向蓄电塔刺穿云朵的蓝色尖塔求救。

就在此时，就在一道无法穿透的帘幕要隔开我和这个完整的、美丽的世界之时，我看见附近有对粉红色招风耳，滑过了镜面般平稳的人行道，一颗熟悉的大头出现了。一个熟悉的、压低的声音说："我有职责知会你们，号民D-503身染疾病，无法克制自己的情绪。我确信他是被本能的愤怒所误……"

"对，对。"我抓住这个机会不放。"我不是还大喊'逮捕她'吗！"

我身后的声音："你什么也没喊。"

"对，可是我想要喊——我对造福者发誓，我真的想。"

一时之间，那双灰色的、冰冷的钻子眼钻进了我心里。我不知道他是否在我心中看见了我说的是实话（几乎是），或是因为他有什么秘密的理由暂且放我一马，反正他写了一张字条，交给了其中一个抓住我的人。我马上就自由了，不，说得更精确一点，我又回到了正常的、无止境的亚述人队伍中。

长方形队伍，包含那个雀斑脸以及蓝色血管地图的太阳穴，消失在转角后，永远地消失了。我们继续散步——一具有着百万颗头的身体。而在我们每人心中，充满了那谦卑的喜乐，那每个分子、原子、"吞噬细胞"的生命喜乐。古代的基督徒，我们唯一的前辈（尽管并不完美）了解这一点：谦恭是美德，骄傲是罪恶；"我们"来自于上帝，"我"来自于恶魔。

现在我和其他人齐步前进——但我和他们却又是分开的。我仍因为刚才的刺激而颤抖，像是古代火车冲过铁桥，铁桥震颤不已一般。我感觉着自己。但是只有跑进了灰尘的眼睛，长了脓疮的手指，受感染的牙齿才能感觉到自身，感觉到个体；健康的眼睛、手指、牙齿是感觉不到的，这些个体仿佛是不存在的。所以说个人的意识纯粹是一种疾病，这不是很清楚的事吗？

也许我不再是个镇定忙碌的吞噬着病菌（长着蓝色太阳穴和雀斑的病菌）的"吞噬细胞"了。也许我就是个病菌，而且在我们之中已经有了上千个病菌——跟我一样——假装成"吞噬细胞"……

今天这件事，基本上是微不足道的意外……但万一这只是个开头，只是第一颗石头，被无限大掷向我们的玻璃天堂，而随后还有一阵猛烈的石头雨呢？

札记二十三

提纲：花
　　　晶体融化
　　　假如

　　据说有种花一百年只开一次，那为什么不会有一千年开一次、一万年开一次的花呢？也许我们不知道有这种花是因为今天才是这个"一千年开一次"花的花期？

　　我飘飘然、晕陶陶地下楼去找值班的管理员，而在四面八方，无论我的视线落在哪里，我都看见千年之久的花苞在怒放。无论什么都在绽放——扶手椅、皮鞋、金黄胸章、电灯泡、某人长长睫毛的黑眼睛、楼梯的雕花栏杆柱、某人遗落在楼梯间的手帕、值班号民的桌子，还有桌后 U 那微带褐色、布满斑点的脸颊。无论什么都非比寻常，新颖、精致、红艳、湿润。

　　U 取走了粉红配给券，而在她头顶上，从玻璃墙望出去，月亮泛着淡淡的蓝光，散发着芬芳，在一根无形的树枝上摇摆。我得意扬扬地指着月亮，说："月亮——懂吗？"

U瞧了我一眼，又瞧了瞧配给券上的号码，我又看见她的手轻轻地、熟悉地动着，抚平落在她两膝间的制服皱褶。

"亲爱的，你跟平常不太一样，你好像病了，因为异乎寻常跟生病是一回事。你这是在害自己，可是没有人、没有人会提醒你。"

那个"没有人"当然就等于配给券上的号码：I-330。亲爱的，神奇的U！你说得当然对：我不谨慎，我生病了，我有了灵魂。可是开花不也是病吗？花苞裂开时难道不痛？而且你不觉得精虫是最可怕的细菌吗？

回到楼上，在我房间里，在敞开的椅子花萼上坐着I-330。我跪在地板上，抱住她的腿，我的头贴着她的膝盖。我们不说话，寂静，心跳……而我是晶体，我融化在她里面。我以无比的明晰感觉到那划定了我的空间范围的滑亮小平面渐渐消融，消融——我消失了，融化在她的膝上，化进她身体里，我愈来愈小，但是在同时又愈来愈宽，愈来愈大，扩张成无限。因为她不是她，而是宇宙。而在一刹那间，我和这张靠近床铺的椅子，充盈着喜悦，合而为一。而在古屋大门的那名微笑的老妇人，还有绿墙外的野蛮丛林，还有后院银色的断壁残垣，像老妇人一样打瞌睡，某处有砰一声关门声，遥远不可及——这一切都在心里，跟着我，倾听着我的脉搏跳动，倾听着我的血液在这幸福的一秒汹涌……

我想要倾诉，但是我的话说得很可笑，很迷乱，连珠炮似的，我想告诉她我是一个晶体，因此我的心里有扇门，因此我感觉到她身下那张椅子的快乐。可是我好像是在胡言乱语，所以说着说着，我也不知该怎么收场了，只觉得很不好意思：我这么个一板一眼的人，一夕之间竟然变得这么……

"亲爱的，原谅我！我不知道，我在胡说八道，蠢到家了……"

"你为什么觉得愚蠢不好呢？如果人类的愚蠢也和智能一样，几世纪以来得到谨慎的培养和教化，说不定能够变成什么弥足珍贵的东西呢！"

"对……"（我觉得她说得对——此时此刻她怎可能会有错呢？）

"再说，正是一个愚蠢的行为——那天散步时你的举动——让我更加、更加地爱你。"

"可是你为什么要折磨我，为什么你不来，为什么把你的配给券送来，害我……"

"说不定是因为我必须要测试你啊？说不定是我必须要知道你会照我的意思去做——你整个人都是我的？"

"对，整个人都是你的。"

她捧住我的脸——整个的我——抬起我的头。"那么你那个'所有诚实的号民都应负的责任'呢？"

甜蜜的、尖锐的、白皙的贝齿，一抹微笑。在那张裂开的花萼椅子里，她就像只蜜蜂——既带刺蜇人，又有甜甜的蜂蜜。

是的，责任……我在心里面翻阅着最近的札记：找不到一个提到责任的地方，说真的，我应该……

我无言可对，只是狂喜地笑着（可能也是傻傻地笑着），凝视她的瞳孔，用我的眼浏览一边，再浏览另一边，而在每只瞳孔中我都看见我自己：我，渺小，无限小，被俘在小小的彩虹监狱中。而同样的——蜜蜂——红唇，花开时甜蜜的疼痛……

每个号民心里都有一个隐形而安静的节拍器在嘀嗒响，而我们不用看表就知道五分钟有多长。但是此刻我的节拍器停止了，我不知道过了多少时间。我焦急地从枕头上取出我的胸章。

感谢造福者！我们还有二十分钟。但是分钟这东西短得离谱，却又跑得飞快，而我要告诉她的话有那么多——我要告诉她一切，我所有的故事：O 的信，我给了她孩子的那可怕的一晚，还有为了某些理由，我的童年——那个数学家"不拉企"、$\sqrt{-1}$、我第一次的全民一致日、我苦涩的大喊，因为这样的日子后来竟成了我制服上的一块墨渍。

I-330 抬起头，靠着手肘。嘴角有两条又长又清楚的线，扬起的眉毛形成了直角：一个 X。

"说不定，那一天……"她打住不说，眉头深锁，握住我的手，用力地捏。"告诉我，你不会忘记我，你会一辈子记得我？"

"你为什么这么说？你是什么意思？宝贝！"

她默默不语，眼睛看着我的后面，穿透了我，落在遥远的地方。我突然听见了狂风那庞大的翅膀拍打着玻璃（当然这晚的风一直都吹袭着玻璃，只是我到现在才听见），不知为何，我想起了绿墙顶端叫声尖锐的飞鸟。

她摇摇头，仿佛是要挣脱什么。又一次，她以全部的她碰触我——就宛如飞车碰触地面时先弹跳一下，之后才降落。

"把袜子给我，快点！"

她的长袜丢在桌上，就落在我摊开的手稿上（第一九三页）。匆忙之间，我把手稿给扫到了桌下，纸页四散，我怎么也没办法按照次序收拾好了。就算我收拾好了，也不会有真正的次序，依然会有些间隙，有些障碍，有些 X 存在。

"我不能这样下去了。"我说。"你在这里，在我旁边，可是你又好像被一道古老不透明的墙隔开了。我听到墙后有窸窣声，有讲话声，可是却听不清是什么话。我不知道墙后是什么。我受不了。你总是有事情瞒着我，那时在古屋你也没告诉我那是在哪里，那些长廊又是做什么的，还有为什么医生也在。还是说，这一切压根就没有发生过？"

I-330 双手按住我的肩膀，缓缓进入了我的眼睛，进到深处。"你想要知道一切？"

"对，我想，我非知道不可。"

"你也不怕跟着我到天涯海角，到最后一刻——无论我要把你带到哪里？"

"哪里都行！"

"好，我答应你，等假日过后，假如……哦！对了，你的'整体号'怎么样了？我老是忘了问——还要多久？"

"等等，你是什么意思，'假如'？又来了，'假如'什么啊？"

但她的人已经在门口了："到时你会亲眼看见的……"

剩下我一个人。她只留下淡淡的幽香，让人想起绿墙后传来的甜蜜干燥的黄色花粉。问号的小钩子牢牢地嵌进我心里，就像古人在捕鱼时用的钩子一样（样品陈列在史前博物馆）。

她为什么突然问起"整体号"？

札记二十四

提纲：函数的界限
　　删掉一切
　　复活节

　　我就像是一台调到最高转速的机器：外壳过热，只要再一分钟，熔化的金属就会滴落，一切就会变成空。快来一点冰水和逻辑吧。我一桶一桶往红热的外壳上泼，但逻辑一碰上去就变成了水蒸气，一缕缕的白烟上升，消失无踪。

　　当然事情很明显：为了要断定某项函数的真正数值，就必须要把它逼到极限。而很显然，昨天那荒谬不合理的"消融在宇宙里"，若是逼到极限就等于死亡，因为死亡是自我在宇宙中最彻底的溶解。所以，以 L 代替爱，以 D 代替死亡，则 L=f(D)。换言之，爱与死……

　　对，一点也没错，一点也没错，这就是我为什么会怕 I-330 的缘故。我抗拒她，我并不想……可是为什么这个"我并不想"会和"我想"一起存在于我心里呢？这就是最恐怖的地方——我渴望昨晚幸福的死亡能够再来一次。这就是最恐怖的地方，就连今天，逻辑函数已整合，我也清楚知道死亡是隐藏在这个函数之内的，但我仍然渴望她，我的唇，我的手，我的胸，我身上每一毫米都……

明天是全民一致日，她当然也会出席，我会看见她，却只能隔着一段距离看。隔着一段距离——那会是种折磨，因为我必须接近她，我被不可抗力拉扯过去，那样她的手、她的肩、她的发才……可是连这种折磨都教我期待——让它来吧。

伟大的造福者啊！真是可笑，竟然渴望痛苦。谁不知道痛苦是一种负面的数值，谁不知道痛苦的总和会削减快乐的总和？因此……

哎，根本就没有"因此"。一切都是茫然一片，赤条条的。

傍　　晚

透过房屋的玻璃墙看出去，户外风势不小，夕阳粉红得惊人，教人不安。我把椅子掉过来，不去看那突兀的粉红。我翻着我的札记，我能看见：又一次我忘了我不是为自己而写，而是为诸位不知名的读者，我既爱又怜的读者写的——为你们这些仍然在下方、后方、遥远的几世纪之外的某处辛苦跋涉的读者。

好，说到全民一致日，这是个伟大的假日。我从小就喜欢这一天，我觉得对我们而言这一天的意义和"复活节"对古人的意义相仿佛。我记得在这一天的前夕我会帮自己准备一个类似小时历的东西，接着快乐地删除一个又一个小时：又过了一个小时，又少了一个小时的等待……要是我确定没有人会看见，坦白说，我到今天都还会带着这个小时历，盯着看距离明天还有多少小时，我就能看到——即使是从一段距离之外……

（我被打断了：工厂送来了新制服。通常我们都会在这天之前收到新制服。外头走廊上到处是脚步声，喜悦的喟叹声，嘈杂声。）

接续前面。明天我会看到那年年重复的盛大场面，但是看了一年又一年，每次看都还是崭新的，都还是很感动：崇敬高举的手臂组成一个雄伟的和谐之杯。明天是造福者年度选举日，明天我们会再一次把我们坚不可摧的快乐堡垒的钥匙交给造福者。

当然，我们的选举完全不像古人那种脱序混乱的选举——说起来就很荒谬——选举的结果竟然完全不可预知。把国家建立在全然无法预测的可能状况之上，完全的盲目——还有什么比这更不合理的？可是很显然需要耗费数个世纪的时间才能让人类明白这一点。

不用说，在我们这里，在这件事情上，一如在其他的事情上，都没有让可能状况发生的余地；没有出乎预料的事情会发生。而且选举本身也是象征性的，旨在提醒大家，我们是一个单一的、强大的、百万细胞组成的有机体——套句古人的说法——我们是统一的教会。因为一体国的历史上，从来没有发生过有某一个声音胆敢违逆伟大的齐唱。

据说古人用很隐秘的方法来举行选举，像窃贼一样的偷偷摸摸。有些历史学家甚至指出，他们还戴着面具去投票（我可以想象得出那鬼气森森的一幕：夜晚，广场，披着黑色斗篷的人鬼鬼祟祟地贴着墙脚移动；火炬的鲜红火光被风给吹得忽明忽灭……）。没有人穷究出这样的偷偷摸摸是为了什么，很可能是选举本身就和某些神秘的、迷信的，甚至罪恶的仪式脱不了关系。

可是我们却没有什么好隐藏，没有什么好羞耻的；我们公然庆祝选举，坦坦荡荡，在光天化日之下。我看见人人都投造福者一票，说实话，本来就该是这样，因为"人人"跟"我"都是整体的"我们"。和古人那种见不得人、偷鸡摸狗的"秘密"行事相比，我们的选举是多么的高贵，多么的诚恳，多么的脱俗啊！因为即使发生了什么假设性的不可能状况——在通常一致的声音中溢出了杂音——化身为一般号民的观护人就在我们的队伍里，他们可以立刻记下那些出轨之人的号码，在他们踏错更多步之前解救他们，也因此而解救了一体国。最后，再一个……

从左边墙壁望出去，一名女性号民对着衣柜门上的镜子匆匆解开制服，一瞬间，我瞥见了眼睛、嘴唇、两个玫瑰红点……接着百叶窗落下，而昨天的一切立刻浮上心头，我不再知道"最后，再一个"是什么意思，我也一点都不想知道，一点都不想！我只想要一样东西——I-330。我要她每一分钟都跟我在一起，永远和我在一起，只跟我一个人在一起。而我刚才写的那些和全民一致日有关的东西，完全是多余的，彻底偏离了主题，我想要一股脑儿删掉，撕毁，丢弃。因为我知道（这么说或许是亵渎，却是真话），对我而言假日就是跟她在一起，有她在我身边，肩并着肩。没有了她，明天的太阳只不过是一圈白锡，而天空只是漆上了蓝色的锡，而我自己……

我抓起电话："I-330，是你吗？"

"对，是我。现在打电话太晚了。"

"也没那么晚。我想问你……我想要你明天跟我一起，宝贝……"

最后几个字我几乎是在呢喃。也不知为了什么，今早在船坞的一幕猛然袭上心头：有人开玩笑，在一具百吨重的锤子下放了一只表——锤子摆动，一阵强风吹在脸上，而一百吨重就静悄悄地落在那只脆弱的手表上。

一阵停顿。我似乎听见她的房里有人在说话，接着是她的声音："不，不行。你知道——我自己要……算了，反正我不行。为什么？你明天就知道了。"

夜　　晚

札记二十五

提纲: 从天堂下凡
　　　史上最大灾难
　　　已知的一切结束了

　　典礼开始前，全体肃立，国歌有如庄严缓慢的罩篷，在我们头顶左右摇晃——乐坊几百只的喇叭加上百万计的歌声——有那么一秒钟，我浑然忘我。我忘了 I-330 有关今天的庆典那教人惴惴不安的暗示；我想我甚至连她都遗忘了。我又变成了那个小男生，为了制服上有个除了自己之外谁也看不见的小污点而在全民一致日哭泣。我四周的人都看不见沾黏在我制服上那无法抹灭的斑点，但是我知道，我——一个罪犯——没有权利跻身在这些坦白磊落、心胸开阔的人群中。要是我能够站起来大喊，尖声喊出我的一切，那该有多好。就让它带来我的末日，就让它来吧！只要有一分钟能够让我感到我和这片天真无邪的蓝天一样的纯净无私，就让它来吧！

　　所有的眼睛都朝上看。毫无瑕疵的早晨蓝天，仍带着夜晚的眼泪——一块几乎看不见的斑点，一会儿黝黑，一会儿在阳光中闪耀。是祂[1]，新的耶和华，从天堂下凡来，与古人的耶和华一样的全知全能，恩威并济。祂愈来愈近，上百万颗心向上提、向上提，迎接祂。现在祂看见我们了。我在心中与祂一起从高处俯瞰一圈圈的同心圆平台，我们的制服排列出蓝蓝的小点，仿佛蜘蛛网一圈圈装点着超小型太阳（那是我们闪亮的胸章）。一分钟内，祂会在蜘蛛网的中央坐下，雪白睿智的蜘蛛——一身白袍的造福者，他用快乐的善意之网缠住了我们的手脚。

现在他庄严肃穆的从天而降仪式已经完成了，铜管乐器演奏的国歌也静了下来，人人都坐下——而我立刻知道：这一切确实是最精致的蜘蛛网，它绷得很紧，它在轻颤——再一会儿，它就会断裂，就会有什么想象不到的事发生……

我微微从座位上抬起身体，东张西望，我的眼睛看见了一双双可爱又焦虑的眼睛扫过一张又一张的脸。这时一名号民举起了手，指头动作几乎不可察觉，他向另一人示意。接着是响应的信号，再后来又一个……我总算明白了：这些是观护人。我知道他们察觉了什么事，蜘蛛网绷得太紧，在不停地轻颤。而在我心里——仿佛是无线电接收器也调到了同样的波长——我心里也起了回应的轻颤。

舞台上有名诗人在朗诵一首选前颂诗，但我一个字也没听进去，只听见一个六音步的钟摆有节奏地摆动着，而每一分钟都会把某个不知名的指定的钟点给拉得更近。我仍急迫地扫视一排排的人——一张脸又一张脸，像翻书一样——仍然找不到那一个，

---

[1] 祂，指代神时，他写为祂（英文中，指代神时，he 写成 He）。

我要找的那一个。我必须要找到她，要快，因为再一分钟钟摆就会嘀嗒，而后……

他，是他，那是当然啦！下方，奔过舞台，那对玫瑰红的招风耳滑过了闪烁的玻璃，奔跑的身体反映出一个黑黑的、上弯下弯的 S。他匆忙赶向看台之间如棋盘交错的通道。

S，I-330——他们之间似乎有什么线连接着（我始终都感觉到这根线存在；我现在仍不明白是怎么回事，但早晚有一天我会解开这条线）。我紧盯着他，他像团棉花球愈滚愈远，身后拖着那根线。这时他停了下来，这时……

仿佛闪电般迅速、高压的放电：我被刺穿了，扭成了一个结。在我这排，不到四十度的地方，S 停了下来，弯下腰。我看见了 I-330，在她身旁的竟是那个咧着一张厚嘴嘻嘻笑、恶心的 R-13。

我当下的反应是想冲过去，大吼大叫："你今天为什么跟他在一起？你为什么不要我……？"可是那无形的、善意的蛛网把我的手脚都缠住了，我咬紧牙关，钢铁一般僵直地坐着，眼睛死盯着他们。而此刻伏案的我，仍记得心脏尖利的刺痛。我那时想：如果非生理因素能够导致生理痛苦，那么很显然……

可惜，我没办法归纳出个结论来，我只记得当时只有类似"灵魂"的字眼掠过心头，是古人那句可笑的说法："他的魂都飞了。"我变得麻痹。六音步岑寂下来，再后来要开始……开始怎样？

按照惯例选前的五分钟休息。按照惯例选前的鸦雀无声，可是却不像以往祈祷似的、礼拜似的宁静，而是像古人似的寂静，那时我们的蓄电塔仍不知所踪，未驯服的天空不时会有"风暴"肆虐。这种寂静是古人那种暴风雨前的宁静。

空气是透明的钢铁，似乎必须要张大嘴才能够呼吸。耳朵，紧绷到了疼痛的程度，记录着。后面不知何处传来的焦虑低语，像是嘴巴不停在动的老鼠。垂着眼睑，我始终看着的是前面那两人，I-330 和 R，并排而坐，肩挨着肩——而在我的膝盖上，我那可憎的、不像我的那两只毛手在瑟瑟发抖……

人人手中都握着附有时钟的胸章。一、二、三……五分钟……舞台上传来缓慢的、钢铁般的声音："赞成的人请举手。"

只可惜我不能像以前一样直视他的眼睛，直接而热诚地大喊："我把全部的我献给你，接受我吧！"可是现在我却不敢。我费了好大的劲，仿佛关节都生锈了，很辛苦地举起了手。

百万只手刷的一声同时举向天空。某人低低地"啊"了一声，我觉得有什么事情已经开始了，在笔直地往下掉，但我不知道是什么，也没有力量——没有胆量——去看……

"有谁反对？"

这一刻向来是典礼中最肃穆的一刻：人人都纹丝不动地坐着，欢喜地戴着号民之首所给予的善意之轭，顺服地低垂着头。但是这一次，惊恐的我又听见了沙沙声，轻得像一声叹息，却比铜管乐器吹奏出的国歌还要清楚。这一声叹气会是一个人此生最后一次叹气，而他四周的脸孔每张都变得惨白，额头上冷汗直冒。

我抬起眼睛，看见了……

只有百分之一秒的时间，我看见上千只手举了起来——表示"反对"——旋即放下。我看见 I-330 苍白、形成 X 的脸，和她举起的手。我的眼前一片漆黑。

又一次呼吸之间。停顿。沉默。我的脉搏。一瞬间，仿佛是某个发狂的指挥发出了信号，嘶吼声排山倒海似的冲刷过整个看台，制服旋涡快速转动起来，号民争相逃走，观护人向四面八方扑去，却毫不起作用，有人在我眼前摔了个四脚朝天，有人张大嘴气急败坏地吼叫，却听不见声音。不知为什么，这一幕却比任何的景象更加深镌在我的记忆中：上千张张着大口呼叫却寂然无声的嘴巴，就像是什么诡异的电影画面。

也像映在电影屏幕上一样——下方不知何处，有一秒的时间，出现了 O 煞白的嘴唇。紧贴着通道的墙壁，她用双手护着自己的肚子，随后她就不见了，被人潮卷走了，也可能是我把她给忘了，因为……

这不再像是看电影了——而是在我的心里，在我收缩的心脏里，在我如锤捣的太阳穴里。R-13 从我头上左边突然跳上了长椅，他口水乱喷，满脸通红，发了疯似的。而在他怀中是 I-330，制服从一边肩膀直破到胸前，红艳的鲜血洒在雪白的……她紧紧搂住他的颈子，而他，像只猩猩一样的可厌敏捷，抱着她往上跑，从一张椅子蹦向另一张椅子。

就如古代失火现场，我眼前一切都变成了红色，我只有一个想法：跳过去，抓住他。我自己也说不上来怎么会有那个力量，但是我就像是一支破城槌，撞开了人群，踩着别人的肩膀和长椅前进，不一会儿我就赶上了他们。我一把攫住 R 的衣领。"你休想！你休想！喂，把她放下，现在就把她放下！"（我的声音听不见，因为人人都在嘶吼，人人都在逃跑。）

"什么人？干什么？干什么？"R 回过头来，乱喷口水的嘴唇抖个不停。他必然是以为被观护人给逮住了。

"干什么？我不准，我不准！把她放下来——立刻放下！"

他只是愤怒地闭上了嘴，转过头，又拔腿就跑。而在这一刻——我真的是羞愧难当，可是我觉得我有必要、有必要记录下来，好让你们，我不知名的读者了解我生病的始末——在这一刻，我朝他的脑袋挥拳。懂了吗？我揍了他！我记得很清楚。而且我也记得那种得到宣泄的感觉，这一拳让我的全身上下都轻盈了起来。

I-330 立刻从他怀中溜了下来。

"快走。"她朝 R 大喊。"你还看不出来吗？他……快走，R，快走！"

露出他黑人似的雪白牙齿，R 对着我的脸喷了几个字后，向下俯冲，消失了踪影。而我抱起 I-330，紧紧地搂住她，抱着她离开。

我的心跳好激烈——心脏胀得很巨大——每一次心跳，都有一波骚乱炽热的欢喜在血管中流窜。谁又在乎那边已经天翻地覆？有什么关系！只要能抱着她，一直抱着她……

晚上二十二点

我费了一番工夫才能把笔握牢：今天早晨让人应接不暇的事件让我精疲力竭。真的可能吗？一体国那庇护的、悠久的城墙要倾圮了？我们又将没有屋舍遮风避雨，落入自由的野蛮状态，像遥远的老祖宗一样了？真的没有造福者吗？反对……在全民一致日？我真是羞愧，我为他们痛心害怕。可是"他们"又是谁呢？我又是谁呢？"他们"，"我们"——我分辨得清吗？

她坐在留有阳光余温的玻璃长椅上，就在看台的最顶端，是我把她抱上去的。她的右肩之下——那奇妙的，无法计算的圆弧——是赤裸的，还有一条最淡最淡的血痕。她似乎没注意到流血，没注意到乳房裸露……不，她早看见了——不过眼前这正是她需要的，假如她的制服完好无缺，她也会亲手撕开，她……

"明天……"她贪婪地透过咬紧的晶莹尖牙呼吸。"谁也说不准明天会怎么样。你了解吗？我料不到，谁也料不到，明天是未知数！你知道已知的一切都结束了吗？现在不管什么都会是崭新的，没有先例，想象不到。"

下方，人海仍在沸腾，跑的跑，叫的叫。但那就像是距离非常遥远的事，而且愈来愈远，因为她望着我，她用那对金黄的瞳孔小窗缓缓把我拉向她。久久的，默默的。我莫名其妙地想起了很久以前，我也有一次透过绿墙凝视着某人谜样的黄眼睛，绿墙上空还有鸟在盘旋（还是另一次发生的？）。

"听着：明天要是没出什么特别的事，我会带你过去——你懂了吗？"

不，我不懂。可是我默然点头。我溶解了，我是无限小，我是个点……

这个情况毕竟是有它的逻辑的（今天的逻辑）：一个点所包含的未知数比什么都多；它只需要稍微移动变换，就会变出上千条不同的弧线，和上千个不同的几何体。

而我害怕变动：那我会变成什么？而我觉得人人都像我一样怕极了最轻微的变动。

在我记录下这一切的时候，人人都坐在自己的玻璃牢房里，等待着什么。我没听见电梯像往常一样在这个钟点转动，我没听见笑声，也没有脚步声。偶尔我会看见有两三个人踮着脚尖走在走廊上，扭头张望，窃窃私语……

明天会发生什么事？明天我会变成什么样？

札记二十六

提纲: 世界仍存在
　　　出疹子
　　　摄氏四十一度

　　早晨，透过天花板望出去，太阳和以往一样，稳稳的，圆圆的，红润饱满。我觉得要是我看见头顶出现了方形的太阳，人们穿着五颜六色的兽皮，墙壁变成了不透明的石头的话，我可能反倒比较不那么震惊。这是不是说世界——我们的世界——仍然存在？抑或这只是惯性使然？发电机早就关闭了，但是齿轮仍咔嗒响，仍转动着——两次回转、三次，第四次就会停止……

　　你经历过这种奇异的情况吗？你在夜晚醒来，睁开眼睛，看见的是一片漆黑，突然间你觉得你迷失了方向。然后你很快地摸索着四周，寻找熟悉的东西，稳固的什么——墙啦、台灯啦、椅子啦。我就是像这样子在摸索，翻阅着《一体国官报》——快点，快点，终于找到了：

昨天我们庆祝全民一致日，这是人人耐心等待许久的大日子。在过去许多状况中都展现出坚定不移的智慧的造福者，在全体一致同意下第四十八度当选。但昨日庆典发生了一些小骚动，是由与幸福为敌的人所策动的。不用说，这些人失去了成为一体国地基上砖头的权利——这个地基经过昨天的选举而获得更新。人人都清楚，若把这些人的票也加入计算，实在太荒谬可笑了，那就像是在演讲厅里把某些病人的咳嗽，也当作是伟大的英雄交响乐里的音符一样荒唐。

英明的造福者啊！我们是不是获救了呢？说真的，对这么晶莹剔透的三段论法有谁会提出反对呢？

接着还有两行：

今天十二点行政局、医务部、观护人公所会举行联合会议。接下来几天将会有重要的国家法案通过施行。

没事，城墙仍然完整，就在这里，我能感觉到。而我不再有那种怪异的感觉，以为自己迷失了，以为自己置身不知名的所在，不知道该走哪条路。而我看见蓝天、圆圆的太阳也不再惊讶了。而每一个人——一如往常——都要去上班。

我沿着马路走，脚步格外坚定，格外有力，我觉得人人都以同样的肯定走着。可是在十字路口转弯的时候，我看见了每个人都远远避开了转角的那栋建筑——仿佛那里发生了管线爆炸，冰水狂喷而出，害得人行道无法通行似的。

又走了五步，十步，我也被冰水当头罩下，哆哆嗦嗦地躲开了人行道……在两米高的地方吧，贴了一张纸，只用绿色写了两个字，教人看不懂，却心生寒意：

梅　　菲

而在纸张下方，只见那个 S 形的背面，透明的招风耳，不知是因为愤怒还是兴奋而轻颤着。他举着右手，左手无助地向后伸，像只受伤的、断掉的翅膀。他正向上跳，想要把纸撕下来，但却够不着，每次都差那么一点。

每个路过的人八成都被同一个想法打断：要是我走过去，众多的人里头就我一个，那他岂不是要以为我心里有鬼，所以才会想要……

我承认我心中也是这么想的。可是我回想起有许多次他真的是我的守护天使，有许多次他救了我——于是我大着胆子走过去，伸出手，扯下了那张纸。

S 转过身来，立刻把他那只钻子眼钻进我心底，钻到最底层，找着了什么。接着他挑起了左眉，朝刚才还贴着"梅菲"的墙面眨了眨眼，又朝我闪了一抹微笑，那抹微笑似乎快活得吓人[1]。不过话说回来，其实是没有什么好讶异的。医师总是宁可要病人在潜伏期出疹子，一下子烧到四十度，也不要是缓缓上升的热度：起码是什么病就会一清二楚。今天散布在墙上的"梅菲"就是疹子。

---

[1] 我必须承认我一直到许多天之后，发生了最诡奇、最出乎意料的事件之后，我才发现这抹笑的真正含意。——作者注

我了解那抹笑的含意。

走进了地下道，脚下那一尘不染的玻璃阶梯上又是一张白纸：梅菲。而在下面的墙上、椅子上、车子的镜子上（显然是匆匆贴上的，因为贴歪了），到处都见到同样雪白骇人的疹子。

寂静中车轮的声音格外清晰，就像是着火的血液般嘈杂。有人肩膀被碰了一下，他吓得跳了起来，掉了一卷纸。我的左边，有个人一次又一次读着报纸的同一行，报纸还微微颤抖。我感觉到无论哪里的脉搏——车轮、手、报纸、眼睫毛——都跳得愈来愈快，愈来愈快。也许，今天我和I-330到那里之后，温度会上升到摄氏三十九度、四十度、四十一度——温度计上的黑线会直往上蹿……

船坞里也是同样的寂静，宛如远方隐形的推进器呜呜地响着。机器默然伫立，闪烁着亮光。唯有起重机在滑行，几乎没有发出声音，仿佛蹑手蹑脚地行动着，哈着腰，手爪子里紧揪着一块块的淡蓝冷冻空气，装入"整体号"的空气槽：我们已经准备好要试飞了。

"你看我们能在一个礼拜之内装好吗？"我问副建造人。他的脸像精致的瓷器，装点着甜蜜的浅蓝色和优雅的玫瑰红花朵（眼睛、嘴唇）；但是今天他却好像有些褪色，有些磨损。我们大声计算，但是我在话说一半的时候突然愣住，站在那里张大了嘴：就在高高的小圆顶下方，在起重机刚举起的蓝色方块上，隐约可见一个白色方块，一张贴上去的纸。我整个人都在打战，难道是因为笑吗？是的，我听见自己大笑。（你知道听见自己笑声的感觉吗？）

"不，不……"我说，"想象一下你在古代的飞机上：高度计指着五千米，翅膀却啪的一声折断了，你就像只翻跟斗的鸽子一样拼命往下坠，一面掉你还一面计算：'明天，十二点到两点……两点到六点……六点——晚餐……'这不是很荒唐吗？可是现在这就是我们的写照啊！"

那蓝色的小花骚动，膨胀了起来。如果我是个玻璃人，而他在三四个小时之后就会看见……

札记二十七

提纲：无——不可能

　　我一个人在漫无止境的长廊上——同一条，古屋下面。一片暗哑的混凝土天空，不知哪里传来滴水声。眼前是熟悉的、沉重的、不透明的门——门后还有压低的嗡嗡声。

　　她说十六点整她会出来接我，可是现在都已经过了五分钟了，十分钟了，十五分钟了——还是一个人也没有。

　　一时间我又是那个旧的我，深恐门会打开。再五分钟，要是她再不来……

　　不知哪里传来滴水声。一个人也没有。既焦急又喜悦的我觉得——我获救了。我慢吞吞沿着长廊往回走，天花板上一排明灭不定的灯泡愈来愈暗，愈来愈暗……

　　冷不防间，我身后有一扇门匆匆推开，接着是急促的脚步声，轻轻在墙壁间、天花板上回荡——她来了——轻盈、空灵，因为跑步而略有些喘不过气来，口中吐出呼吸。

　　"我就知道你在这里，你一定会来！我知道——你，你……"

她那长矛般的眉向两旁打开，让我进去——而……该如何形容它对我做了什么？这古老的、荒谬的、奇迹似的仪式，在她的唇贴上我的唇之时？什么公式能够表达那把我灵魂中的一切都扫除掉，唯独留下她的风暴？是的，是的，我的灵魂——想笑就尽管笑吧。

缓缓地，费力地，她抬起了眼皮；而她的话也缓缓地，费力地出口。"不，够了……等晚一点。我们先走吧！"

门打开了，露出了楼梯——破旧古老的楼梯，还有教人难忍的混杂噪音，咻咻响，轻轻的……

那是将近二十四小时前的事了，而我心中的每个角落多少也都安顿了下来。可是要想描述发生的事，即使只是粗略的概述也是极端困难的。那就像我的脑袋里有颗炸弹爆炸了，张大的嘴、翅膀、吼叫、树叶、语声、岩石——一股脑儿都堆了上来，一堆挨着一堆，一个接着一个……

我记得我第一个想法是：快点，快往回冲！我认为事情很明显：我在长廊等待的时候，他们不知用什么办法炸毁了或是摧毁了绿墙。绿墙外的东西都争先恐后拥了进来，淹没了我们这座早已脱离下层污秽世界的城市。

我必然是对 I-330 说了类似的话，因为她笑了出来。"哦，不是的！我们只是来到了绿墙外面罢了。"

我瞪大了眼睛：这些景物真实地呈现在我眼前，这是没有任何活着的人看过的景色，因为隔着厚重的玻璃绿墙而缩小了一千倍、去除了声音、隐晦了色彩、模糊不清。

那太阳……不是我们的太阳，不是把阳光平均洒落在镜面般光滑的玻璃路面上的太阳。这里的光线是活的、片段的、持续变换的斑点，让人目眩，让人头晕。还有树木，像蜡烛一样插入天际；像是长了多节多瘤的爪子的蜘蛛蹲伏在地上；像是无声的绿色喷泉……而且不管什么都在爬，在动，在沙沙响……某种毛茸茸的小球从脚下冲出来，我吓得冻结在原地，不敢跨步，因为在我脚下不是平坦的表面——你了解吗？——不是稳固平坦的路面，而是什么软得让人恶心，有弹性的、绿绿的、活生生的玩意。

我哑口无言，倒抽了口凉气，窒息了——也许这才是最精准的形容。我站在那里，两手紧抓住某根摇晃的树枝。

"没关系，没关系！一开始都这样，一会儿就过去了。别害怕！"

I-330 旁边，衬着令人眼花缭乱的跳动绿网，出现了某人极薄的剪影，纸片一般地薄……不，不是某人——我认识他，我记得——是那个医生。不，不，我的心里很清楚，我什么都看见了。这会儿他们在笑，他们抓住了我的胳膊，拖着我向前走。我的两只脚似乎打结了，我向前滑动。在我们面前是苔藓、小丘、吱嘎声、呀呀喊、小枝、树干、翅膀、树叶、哨声……

突然间树木分开来，露出一块绿意盎然的空地，空地中——有人……也可能是……我不知道该如何称呼他们——也许更精确一点该说是生物。

而最困难的一刻来了，因为这里超脱了一切可能性的界限。现在我明白为什么 I-330 死都不肯谈这件事：反正说了我也不会相信——就算是出自她口，我也不会相信。也许到了明天连我自己都不会相信自己，连我亲笔写下的札记我也不会相信。

空地上，围着块骷髅一样光秃秃的岩石，有一群三四百……"人"——我只得用"人"这个字——很难用别的字眼去称呼他们。

就和我们的广场看台上一样，起初你只会看见熟悉的脸孔，在这里我也是第一眼就看见了我们灰蓝色的制服。再过一秒钟，在制服之间清楚地出现了黑色的、红色的、金黄的、赤褐的、黄棕杂色的、白色的人——他们一定是人。这些人没有一个穿衣服，只用兽皮蔽体，那短小光滑的兽皮就和我们在史前博物馆看见的马匹标本身上的皮毛一样。但是女性的脸孔却和我们的女性一模一样：红润，无毛；她们的胸部也是——大而坚实，呈美丽的几何形。男性的脸孔则只有部分没有毛发——和我们的祖先一样。

这一切实在太不可思议了，太叫人意外了，我镇定地立在原地（没错，镇定地！）仔细地看。这就和使用天平一样：一边若是超重，那么无论你再往上加多少重量，指针就是分毫不动。

突然间，我只有一个人。I-330没跟我在一起——我不知道她是消失到哪里去了，也不知她是怎么消失的。我的四周只有这些生物，他们毛茸茸的身体像丝绸般在阳光下发亮。我抓住了某人滚烫、结实、乌黑的肩膀。"看在造福者分儿上，告诉我——她到哪儿去了？她刚才还在，一分钟以前还……"

两道浓眉转了过来。"嘘—嘘！安静！"他朝空地中央，朝那块骷髅似的岩石点了点头。

有了，在众多头颅之上，在众人之上，我看见了她。阳光在她身后照耀，笔直射入我的眼睛，使她整个人凸显出来，煤炭一样黑，抵着那幅蓝天——一条焦黑轮廓嵌在蓝色里。头顶上有几团白云飘过，感觉起来倒不是云在飘，而是岩石，她本人，人群和空地都像艘船一般默默地飘滑，而大地本身也变轻了，也在我脚下飘浮……

"弟兄们……"她开口，"弟兄们！大家都知道：在那边，在绿墙后面的城市里，他们在建造'整体号'。大家也知道：我们拆毁绿墙——所有围墙——的那一天已经到来了，我们要让绿风从地球这头吹到那一头，没有阻碍。可是'整体号'打算把这些墙带到上面，带到高空，带到成千上万个其他的星球去，'整体号'的火焰会透过黑色的树叶簌簌烧过来，烧到你们这里……"

波浪、泡沫、风拍打着石头："毁掉'整体号'！毁掉'整体号'！"

"不，弟兄们，不要毁灭它。但是'整体号'必须要落入我们的手中。到它第一次升空的那天，我们会坐上去。因为'整体号'的建造人现在就在这里，他从绿墙后出来了，他是跟我一起来的，来和大家在一起。建造人万岁！"

一刹那间，我被抬了起来。而在我下方尽是头颅、头颅、头颅，张大口吼叫的嘴巴，举高挥舞又放下的手臂。这一幕非比寻常，令人陶醉：我觉得自己在众人之上。我是我，一个分开的实体，一个世界。我不再像以前一样是个元素，我变成了单位。

而现在——我的身体如同温存过后那么快乐又慵懒——我到了下方，来到岩石旁。阳光灿烂，人声高昂，I-330 微笑。有一名黄金秀发，浑身上下如丝绸般金黄的女性出现，浑身散发出青草的芬芳。她双手捧杯，显然是一只木杯，用红艳的唇啜了一口，把木杯递给我，我闭着眼睛，为了要浇熄火焰，我贪婪地掬饮那甜蜜的、呛人的、冰冷的、浓烈的火花。

之后，我的血液和整个世界都快了一千倍，轻盈的地球飞快向下旋转，一切都轻飘飘的，简简单单，清清楚楚。

接着我看见了那巨大熟悉的字"梅菲"出现在石头上，不知如何，我只觉得这样才对。这是把万事万物都连接起来的那条强韧的、简单的线。在这同一块石头上，我看见了一幅粗糙的画像：一名生了翅膀的青年，身体是透明的，本来应该是心脏的位置反而有一块耀眼的深红色煤炭。而且，我了解这块煤炭……不，该说是我感觉得到它——就像，用不着听，我能感受到每个字（她正站在那块石头上说话）。我也感觉到每个人都一起呼吸——而且每个人都会一起飞到某处，像是那天绿墙上空的鸟一样……

后面呼吸声很密集的地方传来一个很大的声音说："这简直是发疯了！"

接下来我似乎是觉得我——没错！我相信就是我——跳上了石头。阳光，头颅，一条锯齿状的绿线衬着蓝天，我大吼着："对，对，发疯！大家一定要发疯，一定要！愈快愈好！这是必需的，我知道。"

我旁边是 I-330，她的微笑——两条黝黑的线，从她的嘴角延伸出来——向上翘，形成一个锐角。而那块火热的煤炭变成在我心里，这一切又快又容易，只有一点痛，一点美……

之后，剩下的只是破碎的、分开的片片断断。

头顶上缓缓飞过一只鸟，我看见了：它是活的，跟我一样。它像个人一样把头向右转，向左转，又黑又圆的眼睛钻子一样钻进我心里……

又一个片断：一个人的背，毛皮闪亮，像是老象牙的颜色。一只黑色昆虫，翅膀透明细小，在他背上爬，那人背部肌肉抽动，想赶走虫子，肌肉又抽动一下……

另一个片断：树叶的影子如网状交错。人们在树荫下躺着，嚼着什么类似传说中的古代食物——一根长形黄色的水果和一片黑色的东西。有个女人把那东西塞进了我的手，好笑的是，我不知道能不能吃。

再后来：一群人，数不清的头、脚、手、嘴。脸孔一张张闪过，随即消失，像泡沫一样破掉。过了一会儿——还是说这只是我的感觉？——出现了透明的、飞翔的招风耳。

我用尽全力捏了 I-330 的手。她回过头来。"怎么了？"

"他在这里……我觉得……"

"他？谁呀？"

"S……一分钟之前，在人群里……"

煤黑的细眉挑到了太阳穴上：锐角三角形，一抹笑。我不明白她为什么笑，她怎么还能笑得出来？

"你不懂吗？你不懂万一他或是他们之中任何一个在这里，会有什么后果吗？"

"傻子！绿墙里面会有什么人想到我们在这里吗？你自己想想——你曾想过今天的事有可能发生吗？他们在墙里面猎捕我们——只管请便！你是在做梦。"

她淡然而笑，笑得放心，我也微笑。地球——醺醺然，翩翩然，欣欣然——飘浮着……

札记二十八

提纲：两个女人
　　　　熵[1]和能
　　　　人体的不透明部位

　　如果你们的世界就和我们遥远的祖先一样，那就请想象一下你在汪洋中撞见了第六洲、第七洲——某座亚特兰蒂斯城，有着迷宫般的奇幻城市，人们在天空翱翔，不需要翅膀或飞车，只需要瞧一眼就能抬起岩石——换句话说，就是即便你患了做梦症也绝对意想不到的事。我昨天的感觉就是这样。因为，你瞧——我之前就说过了——自从两百年战争之后，我们就没有一个人曾到绿墙之外过。

　　我知道：我的职责是要让诸位我不知名的朋友们知道，让你们更加详尽地知道昨天我亲眼目睹的光怪陆离的世界，可是我还

---

[1]　表示原子排列与运动状态的混沌性以及不规则性的量度。

是没能够下笔。崭新的事件有如后浪推前浪，我没办法毫无遗漏：我撩起制服下摆，我摊开掌心，可是一整桶的水倒下来，也只有几滴落在我的札记上。

起初我听见门后有洪亮的声音，我听出那是 I-330 的声音，坚定，铿锵有力；还有另一个人——几乎毫无弹性，像把木尺——是 U 的声音。接着我的门砰的一声飞开，两个女人炮弹似的射入我的房间。对，一点也不夸张——炮弹似的。

I-330 一手按着我的椅背，扭头从右肩向另一人微笑，露出森森白牙。换作是我，我可不愿意面对这样的微笑。

"你看，"I-330 对我说，"这个女人，看起来是把你当小孩子了，俨然以你的保护人自居，不让我见你。难道这是你的意思吗？"

另一个女人，她的鱼鳃气得发抖。"没错，他是个小孩子，他就是！所以他才会看不出来你跟他是……纯粹是为了……这只是一场游戏。没错！我就是有责任要……"

一时间，我瞥见镜中我那对眉毛上下跳动，我从椅子上跳了起来，很艰难地管束住了另一个挥舞着毛茸茸拳头的我，很费力地从齿缝中挤出每一个字来，我把每个字都掷向她，笔直掷向那对鱼鳃："出去！现在就出去，出去！"

鱼鳃向外鼓胀，砖头一样红，随即泄了气，变成了灰色。她张嘴想说什么，但什么也没说，猛地闭紧嘴巴，走了出去。

我冲向 I-330。"我永远也不会，永远也不会原谅自己！她竟敢这样对你？不过你不会以为是我的意思吧？她……她……都是因为她想要登记我，而我……"

"幸好，她不会有时间去登记，我也不在乎是不是还有一千个女人跟她一样。我知道你会相信我，而不是那一千个女人。因为，经过了昨天的事之后，我对你是完全的开诚布公，一点隐瞒都没有，跟你希望的一样。我现在是落入你的手掌心里了——你随时可以……"

"这是什么意思——我随时可以？"话一出口我立刻恍然大悟，热血冲上了我的耳朵、我的脸颊，我大喊，"不要，不要再这么说了！你知道是另一个我，那个旧的我，而现在……"

"谁知道呢？人类就像是一本小说，要翻到最后一页你才会知道结局是什么，否则就不值得一读了……"

她轻抚我的头。我看不见她的脸，但是我能从她的声音听出来：她正看着远处，非常遥远的地方，她的眼睛被一朵云吸引住，无声地飘着，慢条斯理地，不知道飘向何方……

突然间，她把我推开，动作很坚定却很温柔。"听着，我是来告诉你，这可能是最后几天我们……你知道——今晚的演讲厅课程取消了。"

"取消？"

"对。我经过的时候，看见了——他们在演讲厅不知道在准备什么：排了桌子，还有穿白袍的医生。"

"这是什么意思？"

"我不知道，目前为止没人知道，最糟糕的地方就在这里了。可是我感觉到——电流已经打开了，火花也冒出来了。不是今天就是明天了……可是也许他们不会有足够的时间。"

我早就不去追究"他们"是谁，"我们"又是谁了。我不知道自己要什么——我是想要他们有足够的时间，或是没有足够的时间？我只清楚一件事：I-330现在正走在剃刀边缘，而且随时……

"这简直是发疯了。"我说。"你们，对抗一体国。那就跟把手放在枪口上想要阻止子弹一样，根本就是发疯！"

一抹微笑。"大家一定要发疯——愈快愈好。昨天有人才这么说过，你记得吗？在那外面……"

对，我还写了下来。因此，昨天真的发生过。我默默瞪着她的脸：现在那黝黑的 X 格外地清楚。

"亲爱的，在为时已晚之前……如果你需要，我可以抛下一切，我会把一切遗忘——我们一起走，到绿墙外面去，去找那些……随便他们是谁都行。"

她摇头。从她那双幽窗似的眼中，从她的心底深处，我看见了一个烈火熊熊的火炉，堆着一堆干柴火，火花四溅，火舌飞蹿。我很清楚：太迟了，我再说什么也无济于事……

她站了起来，她马上就会离开了。这些天可能是我最后几次——也许是最后几分钟……我抓住了她的手。

"不！再等一会儿——看在……看在……"

她缓缓举起我的手，我深恶痛绝的毛手，举到灯光下。我想要抽手，但是她牢牢握着不放。

"你的手……你不知道——很少人知道——城里有些女人会爱上那边的男人。你一定也有一些晴朗的森林血液，所以我才会……"

沉默。怪的是，这份沉默，这份空荡却让我的心脏狂跳。我大喊："啊！你不能走！你得先把话说清楚，因为你爱……他们，而我连他们是谁，打哪儿来的都不知道。他们是谁？我们失去的那一半吗？H_2 和 O？为了要得到水——河流、海洋、瀑布、波浪、暴雨——这两半必须要结合起来成为 H_2O……"

我清楚记得她的一举一动。我记得她从桌上拿起了我的玻璃三角板，在我讲话的时候，她把锐利的边贴着脸颊，脸颊上出现了一条白痕，接着变成粉红色，旋即消失了。奇怪的是，我想不起来她说了什么，尤其是一开始的时候，我只记得片片断断的影像和颜色。

我知道一开始她提到两百年战争。我看见了青绿的草地上，黑黑的黏土上，蓝蓝的雪地上有红色，是永不干涸的红色池塘。其次是黄色，太阳烤焦的草，赤裸裸的，黄色的毛茸茸的人和毛茸茸的狗待在一起，在肿胀的尸体附近——可能是犬科动物的尸体，也可能是人类的尸体……这当然是在绿墙之外。因为本城早已征服了，城市中的我们有了现在的食物，石油合成食物。

而且几乎就从头顶的天空开始，一路下来到地面，被一条条漆黑的、沉重的、摇摆的窗帘所笼罩，原来是柱子一般的烟缓缓从森林和村庄升起。闷闷的嘶嚎声——漆黑的、无止境的队伍被赶向城市，人们被强迫获救，被教导快乐。

"这些事情你差不多都知道了？"

"对，差不多。"

"可是你还是不知道——很少人知道——有一小群人幸存了下来，留在那里，在绿墙外头。赤身露体的他们退到了森林里，他们学会了怎么靠树木，靠动物鸟类，靠花草太阳维生。他们长出了一层毛皮，可是在毛皮下他们保存了他们炽热鲜红的血液。而你的情形更糟：你被数字给淹没了，数字就像跳蚤爬满了你全身。应该要把你的一切都剥夺了，把你赤条条地赶进森林里，让你学会因为恐惧、因为喜悦、因为狂怒、因为寒冷而颤抖，学会为了生火而祈祷。而我们，我们这些梅菲——我们想要……"

"等等！'梅菲'？这是什么意思？"

"梅菲？这是古代的名字，是一个……你记得吗？在那边，岩石上画的青年像？不，算了，我还是用你听得懂的说法来解释吧，这样你比较容易了解。世界上有两种能量——熵和能。一个可以造成幸福的宁静，一个可以摧毁均势，造成无止无休的运动。我们的——不，应该说你们的——祖先，基督徒把熵当上帝一样崇拜。但是我们这些反基督徒的人，我们……"

就在这时，门上响起了几不可闻的敲门声，而那个生了一张向内凹的脸，额头被推到脑袋外的那个男人，经常帮我捎 I-330 的短笺来的那个人闯了进来。

他冲向我们，刹住脚步，呼吸像帮浦一样吃力，说不出话来。他必定是以全速跑来的。

"怎么了？出了什么事？"她一把攫住他的手。

"他们来了——来这儿……"他终于喘着气说。"观护人……其中有那个——哎，你叫他什么来着……跟个驼背一样……"

"S？"

"对！他们就在这里，在这栋屋子里。他们马上就到了。快点！快点！"

"别慌！还有时间……"她笑出声，在她眼中——火花，熊熊的火舌。

这要不是鲁莽的愚勇就是什么别的——我仍弄不清楚的什么别的。

"看在造福者的分儿上！你一定得了解——这是……"

"看在造福者的分儿上？"锐角三角形——一抹笑。

"那，好吧……看在我的分儿上……我求求你。"

"这还差不多。我还有件事得跟你说……哎，好吧，明天……"

她愉快地（对，没错，愉快地）朝我点头；另一个男人的眼睛从额头里探出来片刻，也点点头。不到一会儿，房里就剩我一个人了。

快点，赶到桌前，我打开了札记，拿起支笔。必须要让他们发现我正在用功，为了一体国的利益在用功。突然间，我头上的每根头发都活了过来，一根根分开，抖动个不停：万一他们拿了我的札记，随便读了一页我最近记的心得呢？

我坐在桌前，一动不动——而且看见四壁在发抖，我手中的笔在发抖，纸上的字都在晃动，都花掉了……

藏起来？可是要藏哪儿呢？什么都是玻璃做的。烧了吧？可是隔壁的人，走廊的人会看见火光。再说，我做不到。我再也无能为力摧毁属于我的这苦恼的——也可能是最珍贵的——一部分。

走廊那头人声足声杂沓，我只有时间抓起一叠札记，塞在我的屁股下。这下子我给钉在椅子上了，而椅子的每个原子都在发抖。还有我脚下的地板——像船上的甲板，上下起伏不定……

我缩成了小小的一团，捧着额头，用眼角余光偷偷地瞄，看见他是一户接一户地查，从走廊的最右端开始，愈来愈近，愈来愈近……有些人呆若木鸡地坐着，跟我一样；有些人跳起来迎接他们，大方地拉开门——真是幸运的家伙啊！要是我也能……

"造福者是最完美的消毒剂，人类不可或缺的一环，因此在一体国这个有机体中没有任何的蠕动……"我握着不听话的笔写下了这些不知所云的句子，身体弯得更低，而我的脑袋里却尽是疯狂的乱鸣声，我的背先感觉到门把咔哒一声。一阵风吹进来，我身下的椅子震了一下……

我费了一番力气才放下了笔，转身面对我的访客（玩游戏真是太难了……今天谁跟我说过游戏来着？），带头的人是 S，阴郁沉默的 S 立刻就用两只眼睛在我身上、椅子上，压在我手下发抖的纸张上钻了两口井。一秒钟过去，在众多熟悉的、每天在门口会看见的脸孔中分出了一张脸来——膨胀的脸，长了褐中带粉红的鱼鳃……

我想起了半个小时之前在这个房间里发生的事，很显然再过一分钟她就会……我整个人都在悸动，我遮盖住手稿的那部分身体（幸好是不透明的）脉搏加快。

U 从后面上前来，小心翼翼地碰了碰 S 的衣袖，压低声音说："这是 D-503，'整体号'的建造人，你一定听过他的名字。他总是在房间里工作，伏案写东西……一点时间都不肯浪费！"

而我却……哎，好个了不起的女人啊！

S 向我滑行过来，俯在我的肩膀上，看着桌子。我想用手肘遮住我写的东西，但他厉声大喊："把手肘下的东西拿出来，快点！"

我羞得满脸通红，把纸张交给了他。他读了一遍，我看见他的眼中闪过一丝笑意，笑意往下窜，落在他的右嘴角上，嘴角微微抖了一下……

"有点模棱两可。不过……请继续写吧！我们不会再打扰你了。"

他啪哒啪哒走开，像是涉过池塘，朝门口而去，而他每跨出一步，我的脚、我的手、我的手指就多恢复一点知觉。我终于能够呼吸了。

但是事情还没完:U 在我的房间里又逗留了一会儿，她走过来，探向我的耳朵，低声说："算你运气好……"

她这是什么意思？

稍晚我得知他们带走了三名号民，不过没有人大声谈论这件事，也没有人谈论最近几天的情况（那是因为受到深植在我们心中的观护人的教育所影响）。一般的谈话都绕着温度快速下降，天气改变了这个话题打转。

札记二十九

提纲：脸上的线

　　　嫩芽

　　　非自然的压缩

　　说来也奇怪，气压计下降，却不见起风。好宁静。头顶上某处我们仍听不见的风暴已经开始酝酿了。云朵发了狂似的飞滚，但暂时只是稀稀落落的几片云，零星的不规则碎片。感觉上倒像天空上已经有座城市被推翻了，残破的围墙和高塔倒塌下来，以骇人的速度在我们眼前扩大——愈来愈近，可是在掉到最底层，也就是我们的位置之前，还是会在无穷的蓝天中飞翔。

　　而在这里，下方的世界，是一片寂静。空气中飘飞着稀薄、不可解、几乎隐形的丝线。每年秋天这些线就会从外面，从绿墙之外吹进这里。它们慢慢地飘浮———一眨眼间你会感到你的脸上多出了什么不舒服的东西，你想要拂掉，可是怎么拂就是拂不掉，你就是没办法把它给弄掉。

　　在沿着绿墙的地方这类丝线尤其多，我今天早晨在这里散步，

I-330 要求我到古屋和她碰面——在我们的旧"公寓"里。

我正逐渐接近不透明的古屋，忽然听见身后有急促的脚步声和上气不接下气的呼吸声。我转头看去，竟然是 O 在后面追我。

她整个人都圆滚滚的，圆得很特别，竟然像是圆得很圆满。她的手臂、乳房、整个身体，我是那么地熟悉，都鼓了起来，圆润润的，撑着她的制服；乍看之下那薄薄的衣料似乎随时会撑破，把她的身体暴露在阳光下。我心里想：外面那里，绿色的丛林里，到了春天嫩芽就顽固地要破土而出——急着把枝叶送出来开花。

她沉默了好几秒，蓝眸神采奕奕地望着我的脸。

"我在全民一致日那天看见你了。"

"我也看见你了……"我立刻想起了她站在底下狭窄的走道上，紧贴着墙，双手护着她的肚子。我不由自主地瞧了一眼，制服下她的肚子圆滚滚的。

她显然是注意到了我的目光，脸蛋泛红，还绽开粉红色的笑容："我好快乐，好快乐……整个人满满的——你知道，满得快溢出来了。我四处走，什么也听不见，只听见我身体内的……"

我默不吭声。我脸上有种怪怪的东西，搅得人不安，可是我甩不开它。就在这时候，她的蓝眼睛亮着光彩，她抓住我的手——我感觉到她的唇贴了上来……这是我这辈子第一次的经验。这是某种未知的、古老的爱抚——弄得我既羞又愧，我（也许是太粗鲁了）立刻把手抽开。

"你神志不清了！不，不……我是说，你……有什么好高兴的？你难道忘了等在你面前的是什么下场吗？就算现在没事，再一个月，两个月……"

她身上的光黯淡了，她的圆润都枯萎收缩了。而在我心里，感觉到一种不愉快的、痛苦的压缩，是一种怜悯的情绪（可是心不过是个理想的帮浦；压迫，收缩，使用帮浦来汲取液体，在技术上来说十分地可笑，因此很显然，诸如"爱""怜悯"等等造成压缩的无稽之谈有多么愚蠢，多么不自然，多么病态）。

沉默无言。左边是绿墙雾蒙蒙的绿玻璃，前方是暗红色的巨宅，这两个颜色混合起来，在我心中制造出我认为是绝妙的主意。

"等等！我知道该怎么救你。我来帮你逃开见到你的孩子之后就难逃一死的命运。你可以养育他——你知道吗——你可以看着他在你怀里长大，变圆，变满，像水果一样成熟……"

她剧烈颤抖，紧揪着我。

"你记不记得那个女人……很久以前那一次，我们散步的时候？她也在这里，在古屋里。跟我一块去找她，我保证，什么事情都会马上安排妥当。"

我已经在心中看见我和I-330一起，带领她穿过长廊——我看见她在那里，在花朵、青草、树叶之间……但她却退缩了，玫瑰红嘴角轻颤，垂了下去。

"是那一个。"她说。

"我说的是……"我不知为何感到尴尬。"呃，对，是她。"

"而你要我去找她——去求她——求她……你休想再跟我提起这件事！"

她伛偻着迅速离开了，但是仿佛像想起了什么似的，她又转过来，喊道："死就死——我不怕！而且我的死活跟你无关，要你管什么闲事？"

寂然无声。一片片的蓝墙和高塔从天空崩落，以骇人的速度愈变愈大，可是它们必然还是会在无垠之中飞上个几小时，甚至几天。无形的丝线缓缓地飘动，落在我脸上，完全不可能抖落，不可能摆脱得掉。

我慢吞吞地走向古屋。在我心中，有种荒谬的、苦恼的压缩……

札记三十

提纲: 最后的数
　　　伽利略的错误
　　　难道不会更好?

　　我现在记录的是昨天我和 I-330 的谈话, 地点是古屋, 在那些喧嚣斑杂的色彩中——红的、绿的、黄铜的、白的、橘的——震愕了心智, 粉碎了逻辑的思考……而且自始至终都面对着那个鼻子像哈巴狗的古代诗人那抹冰冻的大理石笑容。

　　我把这段对话以文字重现——因为我觉得这段话对于一体国, 不, 是整个宇宙的命运有着决定性的影响。再者, 我不知名的读者, 你们或许能从中找出什么来支持我的看法……

　　I-330 开门见山地跟我说了, 毫无矫饰。"我知道'整体号'就要第一次试飞了, 就在后天。那天我们要夺下它。"

　　"什么! 后天?"

　　"对, 坐下来, 冷静一下。我们连一分钟都不能浪费了。昨晚观护人随机抽查的上百个人里, 有十二个是梅菲。要是我们拖

172

个一两天，他们就会送命。”

我默不作声。

“为了要观察试飞，他们会派你们这些电机工程师、技师、医师、气象学家出席。十二点整的时候——记清楚了——午餐钟声一响，大家都会到餐厅去，我们会留在走廊上，把他们都锁在餐厅里，到时'整体号'就是我们的了……你懂了吗？一定得这么做，不计代价。一旦'整体号'落在我们手上，我们就有了武器可以快速无痛地了结这一切。他们的飞车——哈！只不过是妄想打击游隼的蚊蚋，微不足道。要是有必要的话，我们也可以把废气向下导引，单靠这样……”

我跳了起来。“不可能！太荒唐了！你难道不知道你是在计划革命？”

“对，就是革命！这有什么荒唐的？”

“我说荒唐是因为根本就不可能有革命。因为我们的——我说的是我，不是你——我们的革命是最后一场革命，不可能再有其他的革命。大家都知道……”

那两道秀眉又形成了嘲弄的锐角三角形。“亲爱的——你是数学家。不只如此，你还是哲学家，一位数学哲学家。既然这样，把最后的数告诉我吧！”

“你在说什么啊？我……我不懂你的意思，什么最后的数？”

“唉，最后的，终极的，最大的。”

“简直是胡闹！数是无限大的，哪里来的什么最后的数呢？”

“既然这样，又哪里来的什么最后的革命呢？根本就没有最后一场革命，革命是永无止境的。所谓最后一场是用来吓唬小孩子的：小孩子听到什么无穷尽就会害怕，而且让他们晚上睡得安稳才重要……"

"可是这一切，这一切有什么道理？看在造福者的分儿上，每个人都过得幸福快乐了，何必还要搞这一套？"

"假如说……好吧，就说大家都幸福快乐好了，那再后来呢？"

"这是哪门子的问题？根本是孩子气。你跟小孩说故事，从头到尾一字不漏说完，他们照旧还是会问：'再后来呢？为什么？'"

"小孩子正是最大胆的哲学家，而大胆的哲学家也一定是小孩子。没错，我们就应该像小孩一样不停地问'再后来呢？'"

"没有什么再后来呢！到此为止了。整个宇宙都——都整齐划一——到处都一样……"

"啊！整齐划一，到处都一样。这就是问题所在——熵，心理上的熵。身为数学家，你难道看不出来只有差异，温度上的差异，才能帮助生命？如果每个地方，宇宙的每个角落都有一样温暖或一样冰凉的实体……必须要碰撞在一起，产生火焰、爆炸、地狱。我们就要来把他们撞在一起。"

"可是I-330，你得了解——我们祖先的那场两百年战争不就是这种情况吗……"

"没错，而且他们做对了——对了一千倍。可是他们犯了一个错，他们后来相信他们找到了最后的数——事实上最后的数并不存在，不存在于自然界。他们也犯了伽利略的错误：他说地球绕着太阳运行是对的，但是他不知道整个太阳系也在运转，绕着另一个中心转；他不知道地球真正的轨道（不是指相对的轨道）不是什么单纯的圆……"

"那你们呢？"

"我们？我们目前知道并没有最后的数。我们可能会忘记，不，等我们年纪大了，我们铁定会忘记——就跟每样东西老了之后都一样。到时，我们也会坠落——就像秋天树叶枯落一样——就像你，后天……不，不，亲爱的，不是你。因为你是和我们一起的，你是和我们一起的！"

凶猛、激动、闪烁——我从没见过她这个样子——她用尽全力拥抱我，我消失了……

最后，稳稳凝视我的眼睛。"记住，十二点。"

我说："好，我会记住。"

她离开了。我一个人——置身喧嚣杂乱的蓝、红、绿、黄铜、橘彩中……

是的，十二点……冷不防间，某种陌生的感觉落在我的脸上，拂也拂不去。突然间，我想起昨天早晨，U，还有她当着 I-330 的面大喊的话……怪了，我怎么会想到这个？

我急忙到外面去，匆匆往家赶，回家……

头顶某处我听见了飞鸟在绿墙上尖声鸣叫，在夕阳的余晖下，我看见眼前一个个球体状的圆屋顶，着火似的立方体房子，像是天空中冻住的闪电的蓄电塔尖顶，而这一切，这极致几何的美将会……被我，被我自己的一双手……难道没有别的办法，别的出路？

经过了一间演讲厅（我忘了号码），里头长椅堆成了一座小山，演讲厅中央的桌子上都覆盖了纯白的玻璃布，而在一片雪白中还沾染了夕阳的粉红鲜血。而隐藏在这一切之后的，是无人知晓的、因此而教人惶惶不安的明天。要一个有思考能力，能够看见的生物活在不规则、未知、充满 X 的世界里是很不自然的……这就像被蒙住眼睛，被迫摸索着前进，一路跌跌撞撞，而且心里明白在某处——就在不远的地方——就是悬崖；只要踩空一步，你整个人就会变成血肉模糊的一摊。我现在不就像这样吗？

而且万一我不想坐以待毙，我现在就一头栽下去呢？难道这不是唯一一个正确的方法——快刀斩断这一团乱麻？

札记三十一

提纲：伟大的手术

我什么都原谅了

火车相撞

获救了！就在千钧一发的一刻，就在看起来好像没有东西可以攀住，就在一切似乎都完了的时候……

这就像你已经走上了阶梯，坐上了造福者的恐怖机器，玻璃钟锣的一声罩住了你，在你生命中的最后一刻——快点，快点——你用眼睛贪婪地掬饮蓝天……

而突然间，原来只不过是做了一场"梦"。太阳依然粉红轻快，墙壁就在你眼前——用你的手去触摸冰凉的墙，啊，多庆幸啊！还有枕头——一遍又一遍看着被你的头压出凹痕的雪白枕头，噢，多喜悦啊！

今天早晨我在读《一体国官报》的心情大致就是像这样。我做了一场噩梦，而今噩梦结束了。而我这个怯懦胆小、于国不忠的家伙已经想好要自杀了。看着昨天我写下的最后几行，我真是羞愧得无地自容。不过现在没关系了：就让那些文字留下，提醒我可能会发生，现在却不会发生的事……对，不会发生了！

《一体国官报》的头版上斗大的字写着：

欢呼吧！

因为从今而后你们将会完美无缺！今天，你们自己的创造品——机器——比你们还要完美。

怎么会呢？

每具发电机的火花都是最纯净的理智之火；每个活塞的动作都是零缺点的三段论证。不过，你们难道不也拥有同样不犯错的理智吗？

起重机、印刷机、帮浦建构原理就和用圆规画出的圆一样地完美清楚。你们的建构原理难道反而不及吗？

机械装置之美就在于它的节奏，稳定精确，一如钟摆。可是你们，从婴儿期就以泰勒系统养育长大的人——难道你们没有像钟摆一样的精准？

但是有一样例外：机器没有想象力。

你们可曾看过一根帮浦圆柱在工作时绽开模糊的、傻气的、梦幻似的微笑？你们可曾听过起重机在排定的休息时间中翻来覆去，唉声叹气？

没有！

那你们呢？羞愧得脸红吧！观护人已经注意到愈来愈多这类的微笑，这类的叹息了。还有——把眼睛遮起来——一体国的历史学家要求退休，以免记录下贻羞后世的事件。

不过这不是你们的错，你们是生病了。而这个疾病的名称是："想象力"。

想象力是一只虫子，在你们的额头上咬出一道道黑线。想象力是高烧，迫使你们逃得更远，不顾这个"更远"的起头是在幸福的终点。想象力就是我们通往幸福的最后一道障碍。

但是欢呼吧：这道障碍已经炸毁了。

道路畅通了。

国家科学最近发现了这个想象力中枢的位置——脑桥部位一个小小的瘤。三道 X 光就可以切除掉这颗瘤，而你就能治好你的想象力——永不复发。

你们就完美了，就和机器一样。通往百分之百完美的道路不花你一毛钱，还不赶快！老老少少赶快向伟大的手术报到，赶快到演讲厅去，伟大的手术就在那里施行！伟大的手术万岁！一体国万岁！造福者万岁！

你们……如果你们不是从我这本类似古代奇幻小说的札记里读到这一段；如果这份报纸，这份仍散发出油墨香的报纸也像此刻在我手中一样，捧在你们的手中颤抖；如果你们也和我一样知道这是最实际的现实，就算不是今天的现实，也是明天的——你们难道不会有跟我同样的感觉吗？你们难道不会跟我一样头晕眼花吗？感觉到有诡谲的、甜蜜的、冰冷的针扎遍你们的背，你们的手臂吗？你们难道不会觉得自己是个巨人，是擎天的亚特拉斯 [1]——要是

---

[1] 亚特拉斯是希腊神话中受罚以双肩掮天的巨人。

你挺直腰，你必然就会一头撞上玻璃天花板？

我一把抓起电话："I-330……对，对，330。"接着我上气不接下气地喊着，"你在家？你看了吗？正在看？这，这实在是……太了不起了！"

"对……"漫长不祥的沉默。电话轻轻地嗡鸣，冥思着什么……"我今天得跟你见个面。对，我这里，十六点过后，别失约了。"

最亲爱的！亲爱的，最最亲爱的！"别失约……"我觉得自己在笑，却无法自抑，而且我会带着这抹笑上街——像盏灯一样高高挂在脸上。

外头风扫向我，打了个转，呼呼地响，鞭子般抽打在我身上，但是我仍然是兴高采烈。哨音，尖叫——都无所谓了，反正你吹不倒那些墙。就算铁铸的、飞动的云从头顶上塌了下来——就让它塌吧！反正你也阻挡不了阳光。我们把太阳永远地拴在了顶点——我们这些约书亚，嫩之子。[1]

角落有一群约书亚额头抵着讲堂的玻璃墙，里头已经有个人躺在闪亮的白桌上，白布下他的一双光脚板摆成了黄色的三角形；白色的医师俯身在他的头顶；一只白手把装满了什么药水的针管递给另一只手。

"喂，你为什么不进去？"我开口问，既没有针对谁，又像是针对所有人。

"那你自己呢？"一颗圆圆的脑袋转过来。

"我会，等一会儿，我得先……"

我有点尴尬，退了出去。我真的得先去见她，I-330。可是

---

[1] 嫩的儿子约书亚是摩西的仆人及继承人。

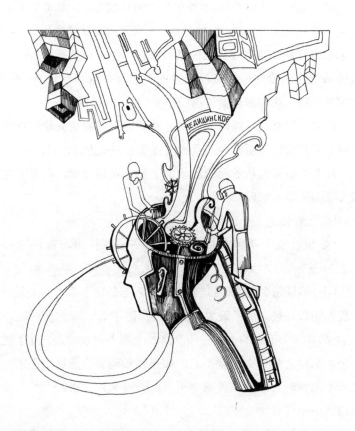

　　角落有一群约书亚额头抵着讲堂的玻璃墙，里头已经有个人躺在闪亮的白桌上，白布下他的一双光脚板摆成了黄色的三角形；白色的医师俯身在他的头顶；一只白手把装满了什么药水的针管递给另一只手。

又为什么？这我答不上来。

船坞里冰块一样的蓝，"整体号"通体发亮，闪烁着光芒。在机械室发动机轻声低响，仿佛爱抚，一次又一次重复着什么话——听起来很耳熟，像是我自己的话。我弯下腰，轻抚那长长的冷冷的引擎管。亲爱的……最最亲爱的。明天你就会活过来；明天，你的生平第一次，你会被自己腹中猛烈的火焰给震动……

如果一切都还是像昨天一样，我要如何看着这只雄伟的玻璃怪兽？要是我知道明天十二点我会背叛它……没错，背叛……

有人小心翼翼从后面轻触我的手肘，我转过身，看见是副建造人那张瓷盘般的脸。

"你已经知道了？"他问。

"知道什么？手术是吗？真奇怪——每件事，每件事——马上……"

"不，不是那个，是试飞延到后天了。都是这个手术的关系……亏我们还那么赶，尽了最大的努力，却落了个一场空……"

"都是这个手术的关系……"真是个愚不可及的人，除了他那张平坦的脸之外什么也看不见。如果他知道要不是这个手术，他明天十二点就会被关在玻璃盒子里，奔过来跑过去，七手八脚想要翻墙……

十五点半，我回到自己的房间，赫然发现 U 坐在我的桌前——骨瘦如柴，腰杆挺直，拘谨僵硬，一手稳稳地托着右颊。她必定是等了很久，因为在她跳起来面对我的时候，她的脸颊上留下了五道凹痕。

刹那间，我想到的是那天早晨，她站在桌边疾言厉色，就在 I-330 的旁边……但回忆只是一闪而过，立刻就被今天的太阳给蒸发了。这就像是在晴朗的白天进入房间，漫不经心地打开了电灯，灯泡亮是亮了，可是你却没有意识到——苍白，可笑，不必要……

我想也不想就朝她伸出手，我原谅她了。她抓住我的两只手，用她那瘦骨嶙峋的手用力握住，下垂的两颊兴奋地颤抖，像是什么古代的装饰。她说："我一直在等……只要几分钟……我只想说我有多高兴，替你觉得高兴！你知道——明天，或是后天，你就会痊愈了——完完全全地痊愈了，像是新生儿一样……"

我看见桌上有几张纸，是我札记的最后几页，就摆在我昨晚摆的地方。要是她看见了我写的东西……不过，不要紧了；现在那都是历史了，遥远得可笑，仿佛望远镜拿错了看出去的景象一样……

"对！"我说。"而且你知道——我刚才在街上走，有个人走在我前面，他的影子拖在路面上。你知道吗？他的影子居然会发光呢。我觉得——我很肯定——明天连一道阴影都不会有。没有人，没有物体会投射出影子来……阳光会穿透每一样东西……"

她的话说得既温柔又严厉。"你很会梦想！我不会允许孩子们这样子讲话……"

她继续谈着小孩子——她带他们去接受手术，还得把他们给绑起来……还有"爱必须要靠铁腕，没错，铁腕"，还有她认为她最后会决定……

她抚平膝上的灰蓝衣料，用她的笑容快速地、静静地黏满了我全身，然后就离开了。

幸好，今天的太阳还没下山，太阳还在天空跑，而且十六点到了。我敲了门，我的心狂跳……

"进来！"

而我又跪在她椅子边的地板上，抱着她的腿，仰着头，凝视她的眼——一只，再一只——而且在每一只眼中看见我自己，彻底臣服的自己……

这时，户外起了一阵狂风。白云逐渐变黑——愈来愈像铁铸的。随便吧！我的头脑装不下那些暴乱的语词，它们像洪水溢出了堤岸。我大声说话，我们和太阳一起飞翔到了某处……但现在我们知道了是哪里——在我们身后，是行星，有的是喷洒出火焰的行星，上面长满冶艳、歌唱的花朵；还有的是沉默的蓝色行星，由知觉、理性的石头组织成社会——这些行星跟我们的地球一样，到达了绝对的幸福，百分之百的幸福巅峰……

突然间从头顶上传来："可是你不觉得在巅峰上的社会就是一个由石头组织而成的社会吗？"她那眉毛形成的三角形愈来愈尖锐，愈来愈阴沉。"而幸福……不管是谁都会被欲望折磨，不是吗？而很显然幸福就是不再有欲望了，一个也没有……谁说幸福永远都是加号，我说这是大错特错，是荒唐可笑的偏见。绝对的幸福应该要划上减号——神圣的减号。"

我记得我困惑地咕哝着："绝对负质？那是负两百七十三度……"

"一点也没错——负两百七十三度。有点冷得刺骨，可是不是正好可以证明我们是在巅峰上吗？"

就和以前，许久以前一样，她好像是为我说话，通过我说话，把我的想法解释得淋漓尽致，可是这其中却又有令人心惊的地方——我听不下去，我费了好大的劲才挤出了一个不字。

"不！"我说。"你……你在嘲笑我……"

她笑了起来，笑得很大声——太大声了。不一会儿，她笑到了极限，然后又落回来……接着是沉默。

她站了起来，两手按住我的肩膀，缓缓地注视我，注视了很久。接着她把我拉进怀里——我什么都忘了，只有她炽热的、犀利的唇。

"别了！"

声音来自远处，来自上方，花了很久的功夫才传进我的耳朵——大概是一分钟吧，也可能是两分钟。

"你这是什么意思，'别了'？"

"唉，你生病了，你因为我犯了罪——你不是因此而一直饱受良心折磨吗？现在有了手术了，你就可以除掉我这个病毒了。所以，别了，就是这个意思。"

"不！"我喊了出来。

雪白的脸上一个毫不留情的黑色三角形。"什么？你不想要幸福吗？"

我的头好像要裂开来：两列逻辑的火车互撞，飞上彼此的车顶，撞毁，碎裂……

"喂，我还在等你的答复呢！选择吧：是要手术和百分之百的幸福，还是……"

"我不能……没有你。我什么也不想要，只要你。"我说，也可能只是这么想着——我不是很肯定——但是她听见了。

"对，我知道。"她答道。她的手仍按着我的肩膀，她的眼睛仍凝视着我。"那就别忘了明天，明天，十二点，还记得吗？"

"不，已经延后了……是后天……"

"这样更好。后天，十二点……"

我在黄昏的街道上前进，风呼呼地吹，把我像张纸一样吹着打转。一片片铁铸的天空飞来飞去——它们还有一天、两天的时间可以穿越无垠……路人的制服擦过我身上，但我却是踽踽独行。我清清楚楚地看见了：人人都获救了，唯独我没有活路。我不想要活路……

札记三十二

提纲: 我不相信
　　　牵引机
　　　人类碎片

　　你们相信你们会死吗？是的，人是会死的，我是个人，所以……不，我不是这个意思。我知道你们都知道这点，我是在问你们真的相信吗？彻彻底底地相信，不是用心智去相信，而是用身体；你们有没有感觉过有一天捏着这一页的手指头会变冰冷，变蜡黄……

　　不，你们当然不相信——所以你们才没有从十楼往下跳，所以你们才仍旧在吃饭，在看书，在刮胡子，在微笑，在写作……

　　今天的我也是一样——不错，完全一样。我知道钟面上那支小小的黑箭会往下掉，掉到午夜，接着又往上爬，跨过某条最后的线——而不可思议的明天就来临了。这点我知道，可是不知为什么我就是不相信。也可能是因为我觉得二十四小时等于二十四年，所以我才能够仍旧做着什么事，赶到什么地方，回答什么问题，爬梯子到"整体号"上。我仍感觉到它在水面上晃动，我知道我必须要抓紧扶手，感觉手中的冰冷玻璃。我看见透明的、活生生的起重机弯下鸟颈一样的长脖子，伸长了嘴，温柔地关切地喂食"整体号"，把可怕的爆破性食物送进它的内燃机里。而下方，河流里，我清楚看见了蓝蓝的水面，被风灌得鼓胀。但这一切与我都好似没有关联，是外来的，平面的——就像是纸上的计划。所以副建造人那张平面的、纸张似的脸突然开口说话还真是奇怪。

"怎么样啊？内燃机应该要多少燃料才够？假设是三个小时……或三个半小时……"

在我眼前——投射在蓝图上——我的手拿着计算器，数字显示着十五。

"十五吨。不，最好装个……对——装个一百吨……"

毕竟我是知道明天……

而且我看见了，冷眼旁观地看见了我拿着计算器的手在微微发抖。

"一百吨？为什么要这么多？那可以飞上个七天了。七天？何止七天！"

"不怕一万只怕万一……谁知道呢……"

我知道……

强风嘶吼，空气中弥漫着看不见的什么，从头到底都是。我发现呼吸困难，走路也难。街尾蓄电塔钟面上的指针慢吞吞地、费力地，却一秒也没有停留地爬着。塔的尖顶隐在云层中——晦暗、郁闷，默默地嚎叫，吸吮着电力。乐坊的喇叭吼了起来。

一如往常，四个四个排成一列，但是这一排排的队伍却不怎么坚实，可能是风太大，吹得他们摇摇晃晃，低头弯腰——而且是愈晃愈厉害，愈弯愈低。这时他们和角落的什么东西撞上了，他们向后退，密密麻麻挤成一团，密不透气。突然间人人都伸长了脖子。

"看！不，是那边，快看！"

"是他们！是他们！"

"……我再也……干脆把头直接伸进造福者的机器里算了……"

"嘘，嘘！你疯了……"

角落的演讲厅大门敞开，一支五十人上下的纵队缓缓出现。"人"？不，人不足以形容他们。他们没有脚，他们有的是僵硬沉重的轮子，由某种隐形的传动皮带带动。这些不是人——他们是人形牵引机。他们的头顶有白色旗帜招展，上头绣着金色太阳，在太阳光束之间绣着："我们是第一批！我们接受了手术！所有的人，跟我们来！"

他们像犁田一般缓缓从人群中犁过，无可抵挡。眼前的情势很明显，如果挡住他们去路的是一道墙、一棵树、一栋房子，他们也会毫不犹豫地辗过这道墙、这棵树、这栋房子。这时他们占据了马路中央，双手互扣，形成了一条锁链，面对着我们。而我们紧张地缩在一起，伸长着脖子，向前张望——等待着。乌云蔽空，寒风飕飕。

突然间锁链两翼，左右两边，迅速向内弯，向我们冲来，愈来愈快，愈来愈快，像是沉重的机器加速下坡。他们把我们锁进了圈子里——而且是朝张着大口的门走，进入门后，里头……

有人尖声大喊："他们要把我们赶进去！快跑！"

顿时，全部人都动了起来。就在墙附近还有一处狭窄的出入口，人潮全部往那里移动，瞬间万头攒动，就像楔子一样尖锐，手肘、肩膀、髋骨乱插乱挤，就仿佛水流从消防水管中激射而出，呈扇形溅开，而四面八方尽是东奔西跑的脚，乱挥乱甩的手臂，穿着制服的人。有那么一下子我瞥见了一具 S 形的身体，两耳招风——但一眨眼间，他不见了，仿佛是被大地吞没了，我只剩下一个人，陷在动个不停的胳臂腿脚之中——我拔腿跑了起来……

我闪进了一处门口，想喘口气，我的背紧抵着门——一眨眼间，一片小小的人类碎片飘了过来，仿佛是被风吹过来的。

"我一……一直跟在你后面……我不想——你知道——我并不想。我同意……"

圆滚滚的小手抓着我的衣袖，圆滚滚的蓝眼睛：她是 O。她似乎是从墙上滑下来的，重重落在地上，在冰冷的门阶上缩成了一个小球，我俯身轻抚她的头、她的脸——我的手湿湿的。我好像非常地巨大，而她——小得不得了——是我自己的一个很小的部分。这种感觉和我对 I-330 的感觉非常不同。我觉得古人对他们的孩子很可能就是类似的感觉。

从那双掩面的手掌间传来有如细蚊的声音："我每天晚上……我不能……要是他们治好我……每天晚上，一个人躺在黑夜里，我都想着他：他会是什么模样，我会多么……没有东西可以让我活下去了，你明白吗？你一定要，一定要……"

我有股荒谬的感觉，但是我明白：是的，我一定要。之所以说荒谬，是因为我的这个责任又是另一桩罪行；之所以说荒谬，是因为不可能既是白又是黑，责任和罪行也不会彼此相等。说不定人生根本就没有什么黑白，人生的颜色是一开始的逻辑前提决定的？而假使前提是我违法给了她一个孩子……

"好吧——可是别，别……"我说。"你知道，我非得带你去找 I-330 不可——我上次就提议过了——这样她才能……"

"好。"静静地同意，掩面的手仍没有拿开。

我扶她站起来，我们两人都没说话，各自沉浸在自己的心事里——谁知道呢，说不定我们想的是同一件事——沿着阴暗的街道，走过沉重安静的房子，冒着有如绷紧的枝条般乱挥乱舞的狂风……

就在某个透明的、紧张的点上，我听见了飕飕的风声中出现了熟悉的啪哒足声。我在转角回过头，倒映在玻璃路面上的滚滚乌云中出现了 S。我的手立刻就不听使唤，乱挥乱甩，我大声告诉 O 明天——对，明天——"整体号"就要第一次升空，而且会是史无前例、神奇奥妙的一件大事。

O 瞪大一双蓝眼，愕然不解，看着我狂挥乱甩的手臂，但是我不让她说话，我拼命地大吼大叫。而在我心中，有个独立的声音——只有我一个人听见——发高烧似的不停响着叫着，"不，我不能……我必须要……我不能把她引到 I-330 那儿去……"

所以我不向左，反而向右转。桥梁乖乖地在我们三个人——我、O、S——脚下弯曲。河流另一侧灯火通明的建筑在水面上洒下灯光，灯光破碎成上千点跳动的火花，带着白泡沫猛烈地喷洒。风像低音贝斯弦低低地拉在头顶上。而在贝斯声中，始终蹑在我们身后的……

我住的屋子到了。O 在门口停下脚步，开口说话："不，你答应……"

我没让她说完，只是匆匆忙忙把她给推了进去，我们进了大厅，进了屋子。而在管理员的桌子又看见那张熟悉的、兴奋得发

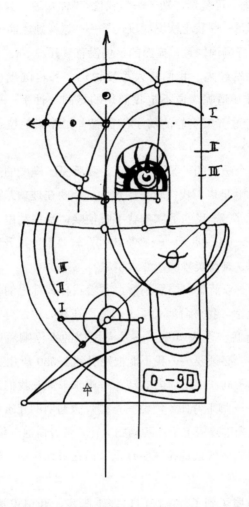

　　O 瞪大一双蓝眼，愕然不解，看着我狂挥乱甩的手臂，但是我
不让她说话，我拼命地大吼大叫。

着抖、下垂的脸颊。挤得密密麻麻的一群号民正在激烈讨论，二楼有人趴在栏杆上看底下的情况，一个又一个的人跑下楼。不过我等一下才有时间来关心这一切……此时此刻我忙着把 O 拉到对面角落，坐了下来，背抵着墙（墙后我看见有条大头影子飘过来飘过去），我拿出了拍纸簿。

O 慢慢地陷进椅子里，好像她的身体在融化，从制服下挥发了，座位里只剩下空空的制服和空空的眼睛，仿佛可以把人吸进蓝色的空无里。

她疲惫地说："你为什么带我来这里？你骗我！"

"不……小声点！看那边——看到了没，墙的后头？"

"嗯，有个影子。"

"他一直阴魂不散地跟着我……我没办法。你明白吗？我不能。我会写几个字，你带着纸条一个人走。我知道他不会去跟踪你。"

制服下的身体动了动，小腹微微突出，而在她的脸颊上出现了模糊的、玫瑰红的黎明。

我把纸条偷塞进她冰冷的手掌里，坚定地捏捏她的手，最后一次沉浸在她的蓝眸中。

"再见了！也许将来有一天我们会……"

她把手抽走，弯着腰慢慢走掉……跨了两步，又转了过来，又站到了我身边。她的嘴唇挪动。她的眼，她的唇，她整个人——只说了一个字，对我说了一个字——啊！那是多么教人难堪的一抹笑啊，多么的痛苦啊……

接着，一片小小的人类碎片弯着腰走到了门口，又变成了墙后一条小小的影子——没有回顾，脚步快捷，愈来愈快捷……

我走向 U 的桌子,她兴奋地、愤愤地扇动她的鱼鳃,对我说:"你知道吗——他们好像全都昏了头了!他一口咬定他在古屋附近看见了某种像人类的生物———一丝不挂,全身长满了毛……"

从密密麻麻的人头中传来声音:"对!我再说一次——我看见了。"

"你觉得呢?那家伙是精神错乱了!"

而她口中的"精神错乱"说得是那么的笃定,我不禁自问:也许这一切,最近发生在我身上的这一切真的只不过是精神错乱?

但我低头瞧了瞧毛茸茸的手,想起了:"你一定也有一些森林血液……所以我才会……"

不——幸好这不是精神错乱。不——不幸的是这不是精神错乱。

札记三十三

提纲：没有提纲，仓促成篇，最后留言

这天终于来了。

快点，报纸。说不定报上……我用眼睛阅读（说得精确一点，我的眼睛现在就像支笔，像具计算器，你可以拿在手上感觉它——它跟你是分开的，是一个工具）。

头版粗体字印着：

> 幸福的敌人并没有沉睡。快用你的双手牢牢抓紧幸福吧！明天全部工作暂停——所有号民都必须接受手术。凡是不接受者，将受到造福者的机器制裁。

明天！可能有明天——会有明天吗？

出于每日的习惯，我把手（一个工具）伸向书架，把今天的《一体国官报》给放上去，放进封面有烫金图案的档案夹里。手才伸到一半，心里却想：何必呢？放不放有什么关系？我不会再回到这栋屋子了。

报纸掉到了地板上。我站了起来,环顾房间,整个房间;我匆匆把所有我舍不得的东西都收进了一只无形的手提旅行箱中。桌子,书籍,椅子。那天 I-330 坐过的椅子,而我就在椅子下,坐在地板上……还有床铺……

接着大约过了一两分钟——荒唐地等待着奇迹发生。也许电话会响,也许她会说……

不,世上没有奇迹。

我要走了——要走向未知。这是我最后的留言。再会了,心爱的读者们,我和你们共同生活了这许多篇章,让你们感染了灵魂疾病,我暴露了我自己,连最后一颗小螺丝钉、最后一根破弹簧都没遗漏……

我要走了。

札记三十四

提纲: 放假的人

　　　　晴朗的夜

　　　　无线电女武神

　　哦！要是我真的把自己和其他人都摔了个粉身碎骨，要是我真的和她来到绿墙外，置身那些露出黄色獠牙的野兽中，要是我根本没有回到这里！那就会简单上一千倍，一百万倍。可是现在——什么？去勒死那个……那又有什么用？

　　不，不，不！镇定下来，D-503。把你自己安置在稳固的逻辑轴上——就算是短短一阵子，使尽全身之力把杠杆压下来，像个古代的奴隶，转动三段论证的磨石——直到你把发生过的事都写下，都细细地思考过……

　　我登上"整体号"的时候，现场已是座无虚席，人人各就各位；庞大的玻璃蜂巢里每一个小蜂房都装满了。透过玻璃甲板往下看，是小如蝼蚁的人，簇拥在电报机、发电机、变压器、高度计、活门、压力表、引擎、帮浦、真空管附近。休息室中，一群不知名的人审阅着计划书和仪器，可能是科学局派来的。副建造人带着两名助理在招呼他们。

那三个人都像乌龟一样把头缩进肩膀，他们的脸——灰扑扑的，秋天一样，毫无欢乐可言。

"怎样？"我问。

"哦……有点紧张……"其中一个说，露出灰灰的无趣的笑容。"谁知道我们可能会降落在哪里？一般来说，谁也说不准……"

很难去正视他们，正视这些一小时之内就会被我亲手给弹射走，从作息表舒服的数字、从一体国母亲的胸膛被硬生生扯走的人。他们让我想起了《三个放假的人》里头的悲剧人物。这是所有学童都熟知的故事，说的是三个号民，因为某种实验，整整一个月不用上班：可以随心所欲，爱去哪里就去哪里[1]。三个可怜人就在平时的工作地点附近闲晃，用饥渴的眼睛注视着里头；一小时又一小时站在街上，重复着已经融入了他们身体里，特定时段中的动作：他们锯着空气，刨着空气，挥舞着隐形的锤子，敲打着隐形的石块。最后，在第十天，再也受不了了，他们手牵手，走进了水中，听着进行曲的乐声，愈走愈深，一直到河水结束了他们悲惨的生活……

我重复一遍：正视他们让我觉得很痛苦；所以我匆匆离开了他们。

"我去检查机器室，"我说，"然后——我们就开始了。"

他们问我问题：开始的爆冲使用多大的电流，船尾水槽应该注入多少压载用水。我的心里有一架留声机，迅捷精确地回答了

---

[1] 这事发生在许久以前，在作息表颁布之后的第三个世纪。——作者注

每一个问题，同时我仍想着自己的心事，不受外界干扰。

忽然间，在狭窄的通道上，有什么触及了我的内心——而就从这一刻起，开始了。

在狭窄的通道上一身身灰色制服，一张张灰色的脸与我擦肩而过，忽然有一张脸：额头头发盖得很低，两眼深陷——又是那个人。我明白了：他们来了，而且没有退路了，只剩下一点时间——几十分钟的时间……最轻微的分子振动传遍了我的身体（直到最末端也没有停止），仿佛有具庞大的内燃机装设在我的身体内，但我的身体结构却太轻了，所以所有的壁面、隔间、电缆、梁柱、电灯——一切都在颤抖……

我还不知道她是否也在场，可是现在没有时间了——我被叫上了楼，叫上了控制室——该走了……走到哪儿呢？

一张张灰扑扑的、毫无光泽的脸。底下的水面像是布满了蓝色血管。一层层铁铸的沉重天空。而要举起我铁铸的手，拿起指挥的电话是多么困难啊！

"上升——四十五度！"

闷雷似的爆炸——剧烈地震动——喷出一道小山似的白绿色水流——甲板从脚下滑开——轻轻的、橡胶似的——所有的一切，所有的生命，永远留在了下方……刹那间，四周一切仿佛不断往下坠，坠入某个旋涡，越变越小：城市成了冰蓝色的模型地图，圆屋顶成了圆泡泡，蓄电塔成了一根铅灰色手指。不一会儿，一团棉花似的云飘过来，我们钻入了云间，又破云而出——眼前是阳光与湛蓝的天。几秒钟，几分钟，几里远——蓝天迅速地凝固，黑暗渐渐渗入，而群星闪现，仿佛一颗颗银色冰冷的汗珠……

这时——令人害怕的夜，明亮得刺眼又漆黑一片，繁星点点又晴朗光明。就好像是刹那之间失去了听觉：你仍然能看见喇叭轰鸣，但就只是看见，喇叭是哑的，一点声音也没有。太阳也是哑的。

这一切都很自然，都在预料之中。我们离开了地球的大气层。可是一切发生得太快，在每个人不知不觉之中就发生了，四周的人都吓着了，都不敢作声。至于我自己——我却觉得在这个奇妙的哑巴太阳底下什么事都变得简单多了，就仿佛最后一次的痛苦挣扎后，我跨过了无可逃避的门槛——我的身体留在下方某处，而我自己却加速飞过一个崭新的世界，世界里的每样东西都很陌生，都上下颠倒……

"保持航向！"我朝话筒大喊。也可能喊话的不是我，而是我心里的留声机——接着我用机械似的、加了铰链的手，把指挥电话塞进了副建造人的手中。而我，从头到脚都因为最细微的分子震动（只有我一个人能感觉到）而摇摇晃晃，冲到楼下去，去找……

休息室的门——那扇一小时内就会重重锁上的门……门边站了个我不认识的人，他的个子很矮，长相就和上百人、上千人一样，混在人群中谁也认不得。但是他的一双手却很不寻常——格外地长，长到膝盖，活像是仓促之中从另一个人的身上取下来，胡乱装在他身上的。

一只长臂伸了出来，挡住了我的去路。"去哪儿？"

他显然并不知道我深知内情。很好，也许事情就该是像这样。我低头看着他，特意用傲慢的语气说："我是'整体号'的建造人，试飞是由我监督的，懂了吗？"

手臂收了回去。

我进了休息室。在仪器和地图上是一颗颗头发花白的头颅，还有黄色的脑袋，秃了顶，熟透了。我一眼扫过所有人，又回头去搜寻走廊，下到舱门，一路找到了引擎室。燃料点火爆炸后管线都变得炽热，温度升高，十分嘈杂，那些闪闪发亮的曲柄像喝醉酒似的疯狂舞动着，刻度盘上的指针也不停地微微颤动……

好不容易，在转速计旁看到了他——低低的额头正盯着一本笔记……

"听着……"嘈杂声太响亮，我得朝着他的耳朵大喊。"她来了吗？她在哪里？"

额头下的阴影露出一抹微笑。"她？那边，无线电话室……"

我冲了进去。里头有三个人，全都戴着头盔式通信耳机，她似乎比其他两人要高出一个头，而且她像长了翅膀，闪烁着光芒，正在展翅翱翔——就像古代的女武神[1]。而在上方的巨大蓝色火花，在无线电的天线上方，似乎是从她身上喷出的，还有那隐隐约约的臭氧气味也是从她身上散发的。

"有人……不——你……"我上气不接下气地对她说（是因为奔跑的关系）。"我得传话到下面去，到地球，到船坞……来，我来口述……"

仪器室隔壁有一间盒子似的舱房，我和她肩并肩坐在桌前，我摸到她的手，紧紧握着。"怎么样？接下来怎么做？"

"我不知道。你知道飞翔的感觉有多美妙吗？不知道要飞向何处——就只是不停地飞——不管目的地是哪里……马上就十二点了——谁知道会发生什么事呢？今天晚上……我们俩，你跟我，

---

[1] 北欧神话中女武神是诸神之王奥丁的美丽女侍，按照奥丁的意愿或命运的安排，她们决定谁获得胜利，谁在战斗中死亡，谁进入英灵殿。

今天晚上会在哪里呢？说不定是在草地上，在干燥的树叶上……"

她迸射出蓝色火花和闪电的味道，而我的颤抖愈来愈猛烈。

"写下来。"我大声说，仍然是喘不过气来（是因为奔跑的关系）。"时间，十一点三十分。速度：六千八百……"

她戴着有耳机的头盔，眼睛盯着纸，静静地说："她昨晚拿着你的字条来找我……我知道——我什么都知道了，别说话。真的，孩子是你的？我把她送过去了——她现在已经安全了，待在绿墙外。她会活下去……"

回到指挥室。还是一样——一片错乱的黑夜，繁星点点的夜空和刺眼的太阳。墙上时钟的时针一拐一拐慢条斯理地走着，一分钟一分钟地走；一切仿佛是在迷雾中，最轻最轻地颤动着，肉眼几乎察觉不出来（只有我一个人察觉得到）。

不知为何，我觉得如果接下来要发生的事不是在这里，而是在底下一点，接近地球的地方发生，那就会好得多。

"关闭引擎！"我对着话筒大喊。

"整体号"仍在惯性移动，但是愈来愈慢。这一刻，"整体号"抓住了细如发丝的一秒，动也不动悬浮着，接着发丝断裂了，"整体号"有如石头般往下坠——速度愈来愈快。于是在静默中，有好几分钟，好几十分钟，我听见自己的脉搏。我眼前的时针慢慢爬向十二点，我很清楚我就是那块石头，而 I-330 是地球，而我——一块石头，被某人的手给抛掷了出去，而石头必然会坠落，撞上地面，撞得粉碎……而万一……下方蓝色的云烟已然在望……万一……

但是我心里的留声机以加了铰链似的精准拿起了话筒，发出了号令："低速。"石头不再坠落了，现在只靠四具低速辅助引擎——两具在前，两具在后——疲惫地向前推进，只为了中和"整体号"的重量，而"整体号"在微微地一抖后，牢牢地稳住，停在半空中，距离地球大约一公里。

人人都冲到了甲板上（快十二点了——午餐钟声该响了），俯在玻璃栏杆上，急匆匆的贪婪望着下方的未知世界，绿墙外的世界。琥珀、绿、蓝：秋天的树林，草原，湖泊。在一只小小的蓝色碟子边缘，有些黄色骨头似的残骸，一根骇人的黄色枯指——可能是古代教堂的尖顶，奇迹似的保留到今天。

"看，看！那边，右边！"

右边的苍翠草莽中有一个点快速地流动，很像褐色的影子。我手上有望远镜，我机械地举到眼前，看见了一群褐色的马甩动着尾巴，正在及胸的草地上疾驰，而在马背上是那些生物——红棕色、白色、深黑色……

在我身后有人说："我就说嘛——我看见了一张脸。"

"去，去，去跟别人说去！"

"拿去，用这副望远镜……"

但是底下的东西不见了，只有无尽的苍翠草莽……

而在那片荒野中突然响起了锐利的钟声——响彻了下方，响彻了我和每一个人心里：午餐时间，再过一分钟就十二点了。

世界暂时散成了不相联结的小片断。我在拾级而上时踩到了某人掉落的金色胸章，我不在乎，胸章在我脚下破裂。有人说："我就说嘛，那是一张人脸！"一个暗暗的长方形：是休息室敞开的门。咬紧的、雪白的、尖利的牙齿，带着笑……

时钟慢吞吞地当了起来，没有间歇，第一排的人已开始移动——那扇长方形门猛地被两条长得不自然的手臂给挡住了。

"不要动！"

有人的手指头掐入我的掌心——是 I-330 站在我身边。

"他是谁？你认识他吗？"

"他不是……他不是……"

他在高处，透过肩膀俯视一百张脸——他的脸，和上百个人，上千个人一样，却又独一无二。

"以观护人之名……我针对某些人说话，你们听好了，你们每一个都听好了。我告诉你们——我们知道了。我们现在还不知道你们的编号，但是我们什么都知道了。'整体号'不会落到你们手上！试飞将会完成；而你们——你们绝不准有什么行动——你们会完成试飞，由你们亲手完成。之后……我言尽于此……"

一片沉默。脚下的玻璃方块轻软如棉，我的腿也轻软如棉。她在我身旁——露出惨白的微笑，喷溅出愤怒的蓝色火花。她咬牙对着我的耳朵说："原来是你？你忠于你的责任？好，很好……"

她挣脱了我的手，女武神之怒，生了翅膀的头盔一下子就到了前头。我一个人，哑口无言，浑身冰冷，和其他人一样进了休息室……

"可是不，不是我——不是我啊！我没有对谁说，一个人也没有，只有这几张哑巴白纸……"内心深处，我气急败坏地大声向她呐喊。她坐在桌子对面，面对着我，一次也没有让她的眼睛和我接触。她的旁边不知是哪一个熟透了的光秃脑袋。

我听见（是 I-330 在说话）："高贵？不，我亲爱的教授，只需用哲学来分析这个词，就会知道，这不过是古代封建制度的余毒，而我们……"

我觉得自己脸色苍白——现在每个人都会看见……但是我心

底的留声机仍完成了规定的五十下咀嚼动作。我把自己锁了起来，就像锁进了古代的不透明房子里，我在门前堆垒石头，我把百叶窗放了下来……

稍后——我手中握着指挥电话；飞行，飞在冰冷的、最后的痛苦焦虑中——穿透了云层——飞入星光闪闪又阳光普照的冰冷夜中。时间一分一分，一小时一小时地流逝。很显然逻辑的内燃机，虽然连我自己都没听见，仍是以狂猛的速度在我体内运作，因为刹那间，在蓝蓝太空的某一点，我看见了我的书桌，书桌上方是U鱼鳃似的脸颊，还有我忘在桌上的札记。我一切都明白过来了：除了她没有别人——谜团解开了……

唉，要是我能……我非做不可，我非进去无线电室不可……长了翅膀的头盔，蓝色闪电的味道……我记得我大声跟她说话。我还记得她看着我仿佛我是玻璃做的，连声音也从遥远的地方传来。"我很忙，我忙着接收下方传来的信息。有事请找她口述……"

在小小的舱房中，我思索了一分钟，随即坚定的口述："时间——十四点四十。下降！关闭引擎。一切结束。"

回到指挥室。"整体号"的机器心已停止跳动，我们向下坠落，我的心却追不上，远远地落在后面，而且不断地往上飘，飘上了我的喉咙。云层——接着是遥远的绿点——愈来愈绿，愈来愈清晰——疯狂地朝我们冲来——就是现在——结束吧……

副建造人那张白瓷般的脸扭曲在一起，用全身力气推了我一把的人必定是他。我的头撞上了什么，我摔倒在地上，眼前愈来愈黑，我仿佛是在浓雾中听见："机尾引擎——全速启动！"

剧烈的向上蹿升……我什么也不记得了。

札记三十五

提纲：铁箍里
　　　胡萝卜
　　　谋杀

我一整晚合眼，一整晚，脑子里只有一个想法……

昨天之后，我的头就紧紧缠着绷带，可是那不是绷带——那是个铁箍，无情的玻璃钢箍紧紧地箍住了我的脑袋，而我就被困在这一个封闭的圈子里：我要杀了U。杀了她，再去找I-330，说："现在你相信了吧？"杀人最最恶心的地方就在于它有点脏乱，有点原始。用什么压碎她的脑袋——这想法让我的口中出现了一种甜腻的感觉，我没办法吞咽唾液，老是把唾液往手帕里吐，结果我的口变得很干。

我的衣柜里有根沉甸甸的活塞杆，是在锻铸的时候折断的（我原本想用显微镜检查结构的罅隙）。我把札记卷成一根棒子（她爱偷看是吧！就让她看个够），把活塞杆塞进去，提着就下楼了。楼梯好似永远也走不完，而且还滑溜得讨厌，像水一样，我一路

206

上不停用手帕擦嘴……

到了楼下，我的心狂跳，我停下脚步，拉出活塞杆，走向管理员桌……

值班的不是 U，只有一块空荡冰冷的板子。我想起来了——今天所有工作暂停，人人都必须去接受手术。她当然没有理由在这里——不会有人来登记。

街上风呼呼地吹，天空中仿佛到处是铁铸板飞来飞去。就如昨天某个时候一样，世界分裂成尖锐的、独立的、互不相干的片断，每一块都如冰雹般打落，在半空停顿了一秒，悬浮在我头顶上，随即烟消云散，一点痕迹也不留。

就仿佛这张纸上整齐划一的字突然松脱了，在恐惧中散开了——这里一个，那里一个——没有一个字成字，只是毫无章法地挤成一团：受惊，轻跳，猛然一纵……街上的人群也是这样四散开来，没有排成队伍，一会儿前进，一会儿后退，一会儿斜走，一会儿横行。

这会儿，一个人也没有。我向前直冲，然后突然停步，只见就在二楼那儿，悬浮在空中的玻璃房间里，有一男一女——站着拥吻，她整个人仿佛折断似的向后仰。这——永远，最后的吻……

某个角落有一丛骚动的人头，人头上方有一面旗帜在风中招展，上头写着："打倒机器！打倒手术！"而我，不在我身体里的那个我，心里闪过了一个念头：是不是每个人都充满了痛苦，而这种痛苦是不是得要连心一块挖出才能消除？大家一定得做点什么，以免……有一秒的时间世界什么都不剩，只剩下我那只野兽般的手握着沉重的铸铁杆……

一个小男孩使尽吃奶的力气向前冲，下唇下有阴影。他的下唇向外翻,活像是衣袖卷起来的袖口。他整个五官都扭曲,由内向外翻——他大声哭泣,以全速逃开某人——在他身后传来重重的追逐声……

这小男孩提醒了我:是了,今天 U 一定是在学校里,我得赶快。我跑向最近的地下道。

在入口有人冲过我身旁,还大喊:"没开!火车今天没开!那儿……"

我下去一看,简直是乱成了一团,一个个多面的水晶太阳在闪烁,月台上万头攒动,却只有一列动也不动的空火车。

寂静中有人发话,是她的声音,我看不见她,但是我认得这个坚定的,像鞭子破空的声音——而且就在某处,有两道眉毛挑上了太阳穴,形成一个锐角三角形……

我大喊:"让我过去!让我过去!我必须……"

但不知谁的手指掐入我的手臂、我的肩膀,俨然像虎头钳,把我钉住不动。寂静中那声音说:"快到上面去!他们会治好你们,他们会帮你们塞满饱足的幸福,而心满意足的你们就会平静地睡着,整齐划一地打呼——你们难道没听见那首洪亮的打呼交响曲吗?荒唐可笑的人啊!他们是想要让你们摆脱掉蠕动个不停,困扰个不停,不时啃啮你们的问号啊!而你们却还站在这里听我讲话。快上去啊,去接受伟大的手术啊!就算只有我一个人留在这里,和你们又有什么相干?如果我不要别人替我决定,我要自己决定,和你们又有什么相干?如果我想要的是不可能的……"

另一个人出声,声音沉重缓慢:"啊!不可能的?意思就是去追逐愚蠢的幻想,在你的鼻子前面摇尾巴的玩意?不,我们要抓住那根尾巴,压扁它,再……"

"再大口吞下肚，接着呼呼大睡——而在你们的鼻子前面又出现了一条新的尾巴。听说古代人有一种动物叫作驴子，要逼它向前走就在它面前拴一根胡萝卜，让它看得到吃不到。要是它咬到了胡萝卜，一口吞下去……"

突然间虎头钳放开了我，我冲到中央她讲话的地方。但是在同一瞬间，人人都动了起来，如波涛般互相冲击——后面有人大喊："他们来了，他们来这儿了！"灯光闪晃，随即熄灭——有人切断了电线。顿时像雪崩了一样，尖叫声，呻吟声，又是头又是手……

我不知道我们就这么在地下道里翻滚了多久，好不容易找到了楼梯，看到一道幽暗的光线，愈来愈亮——到街道上了，人群立刻四散，朝四面八方溢去。

终于，只剩我一个人。风，灰色的黄昏，低低矮矮的，就压在头顶上。潮湿的玻璃路面上——很深很深的地方——倒映着灯光、墙壁和头下脚上移动的人影。而我头上那重得不得了的铁箍把我往深渊拉，拉到了最底层。

楼下桌前仍不见 U 的踪影，她的房间也是漆黑一片。

我回到自己房间，打开电灯。我的太阳穴因为头上的紧箍而悸痛，我仍然锁在同一个圈子里：桌子、桌上的白纸卷、床、门、桌子、白纸卷……左边房间的百叶窗拉了下来，右边房间有颗圆圆的光头俯在一本书上，额头就像一个黄色的巨大抛物线，额头上的皱纹是一排难以解读的黄线。有时我们会视线交会，那时我就会想：那些黄线跟我有关。

事情发生在二十一点整。U 自己送上门来。我的记忆中只有一件事还清楚：我呼吸得太大声，连自己都听见自己在喘气，我拼命想要控制住，却是力有未逮。

她坐下来，抚平双膝间的制服，褐色带粉红的鱼鳃一扇一扇的。

"唉，亲爱的——原来你是真的受伤了？我一听说，马上就……"

活塞杆就在我面前桌上，我跳了起来，仍然呼吸得很粗重。她听见了，话说到一半停住，也跟着站了起来。我已经看准了她头上那块地方……我的口中冒出腻人的甜味……我的手帕——不在身边，我只好吐在地板上。

右边墙后的那人——就是有专心的黄色皱纹的——跟我有关的。绝能让他看见，要是让他看见就会更加的恶心……我按下按钮——我才不管我是不是有权利，反正都一样——百叶窗落了下来。

她显然明白是怎么回事，拔脚就往门口冲，但是我已料到了——我气喘如牛，眼睛盯住了她头上的那一点……

"你……你疯了！你敢……"她步步后退，一屁股坐在床上，不，该说是摔在床上，两手交叉夹在双腿间，抖个不住。我全身紧绷，犹如一根弹簧，稳稳地用眼睛盯住她，慢慢伸手到桌边——全身上下只一只手在动——抓住了活塞杆。

"求求你！只要一天——一天就好！明天——明天我就去，我什么都会办好……"

她在说什么啊？我举起了手臂……

我认为我杀了她。是的，各位，我不知名的读者，你们可以叫我是杀人犯。我知道我会把活塞杆往她头上砸下去，要不是她突然间哭喊了起来："求求你……看在……我同意——我……马上做。"

她两手发抖着扯掉制服。庞大、蜡黄、松弛的身体向后倒在床上……直到现在我才懂了是怎么回事：她以为我放下百叶窗是……是我想要……

　　这实在是太荒谬，太可笑了，我扑哧一声，捧腹大笑起来，而我体内紧绷的弹簧啪的一声断了，我的手软软地垂下，活塞杆锵的一声掉在地板上。我从切身经验得知笑声是最强而有力的武器：笑声可以杀死一切——就连谋杀的冲动都可以腰斩。

　　我坐在桌前，笑个不停——绝望的，最后的笑——看不出要如何从这荒唐的情况中脱身。我不知道换作正常的情况，这件事要如何了结——但是忽然有外在的因素插了进来：电话响了。

　　我冲过去抓起电话。说不定是她打来的？却只听见一个陌生的声音说："请稍待。"

　　教人心烦意乱的无尽嗡嗡声。远处传来沉重的脚步声，渐行渐近，回音更大，更沉重。接着我听见："D-503吗？嗯……我是造福者，立刻向我报到！"

　　咔嚓——电话挂断了——咔嚓。

　　U仍躺在床上，闭着眼，鱼鳃扩张成微笑。我从地板上捡起她的衣服，抛给她，咬牙切齿地说："拿去！快穿上！"

　　她用手肘支起身体，乳房垂向两旁，圆睁着眼，全身苍白。

　　"怎么回事？"

　　"就是这么回事。快点——把衣服穿上！"

　　她抱着衣服，全身缩成一个结，声音像窒息。"转过去……"

　　我转了过去，前额靠着玻璃。灯光、人影、火花在漆黑潮湿的镜面上颤抖。不，是我，是我的心里在颤抖……他为什么召唤我？他是不是什么都知道了？她的事，我的事，所有的事？

U穿好了衣服，走到了门口。我跨两步来到她面前，用力捏她的手，仿佛是想从她手上捏出我需要的一切来。"听着……她的名字——你知道我说的是谁——你说出了她的名字吗？没有？告诉我实话——我一定得知道……我不在乎，只要告诉我实话……"

"没有。"

"没有？又为什么？你不是去打了小报告……"

她的下唇突然翻了出来，跟那个男孩一样——然后从颊边，从颊边流下了一颗颗……

"因为我……我怕……要是我说出她来……你可能……你就不会爱……哦！我办不到——我不可能……"

我知道她说的是实话，一句荒谬可笑的实话！我打开了门。

札记三十六

提纲：空白页
　　基督教的上帝
　　我的母亲

真奇怪——我的脑子里似乎多了一张空白页。我不记得自己是怎么走去的，又等待了多久（我知道我有等待）——什么也不记得，连一点声音、一张脸、一个手势都不记得。就恍如把我和世界联系在一起的线全都断了。

我只记得自己站在他面前，吓得不敢抬起眼睛：我只看见他庞大的、铁铸的手放在膝盖上。这两只手似乎比他本人还要有分量，压得他的膝盖弯了起来。他慢条斯理地动动手指。那张脸则高高在上，裹着一圈光晕。而他的声音并不像雷霆，没有让我震耳欲聋，反而像是普通人的声音，原因是声音来自太高的地方。

"你竟然也是？你，'整体号'的建造人？你，眼看就要成为最伟大的征服者了？你，眼看就要在一体国历史上万古流芳了……你？"

热血冲上了我的脑袋，我的脸颊。然后又是一页空白——我只记得太阳穴的悸动，头顶上回响的声音，却记不得一个字。一直到他不再说话了，我才清醒过来。我看见了：那只手像一百吨那么重——慢慢地挪动——一根指头对准了我。

"说话啊？为什么那么沉默？是还是不是？我是刽子手吗？"

"是。"我乖乖回答。紧接着我清清楚楚地听见了他说的每一个字："哞！你以为我会怕被冠上这种名号吗？你有没有试过把外壳剥下来，看看里头？我会让你看看。回想一下：蓝色的山丘，十字架，一群人。有些人在山丘上，鲜血溅满身体，正把一具身体钉到十字架上；有些人在山丘下，泪流满面地抬头往上看。你难道不曾想过山丘上的人所扮演的角色才是最艰难、最重要的？要不是他们，这出悲壮的戏剧会发生吗？他们被无知的群众辱骂：就冲着这一点，这出悲剧的作者——上帝——就该要厚加赏赐他们。那个最慈悲的基督教上帝又怎么说？凡是不顺从他的，就被地狱之火慢慢地烧烤。难道他不是刽子手？被基督徒烧死的人难道还比被烧死的基督徒少了吗？然而——你知道——这个上帝几个世纪来却被尊崇为爱的上帝。荒唐吧？不，一点也不荒唐：由此可证人类的智慧是根深蒂固的，是铭刻在血液中的。即使是早在野蛮、混乱的时代，人类就了解：人性真正的、代数意义上的爱就是不人道的，绝无例外；而它的特点就是残酷，就像火的特点就是燃烧一样。有哪一种火是不会燃烧的吗？说话啊，跟我争辩，证明我是错的！"

我怎能争辩？我拿什么争辩？这番话跟我自己的想法（之前的想法）不谋而合——只不过我始终没办法用如此华美、如此坚不可摧的盔甲来盛装保护罢了。我默不吭声……

"如果你的沉默表示你认同我的说法，那就让我们像成人一样谈话，像小孩子都上床睡觉之后的成人一样谈话：让我们有话直说，一句也不隐瞒。我问你，一个人从婴儿期开始就祈祷什么，梦想什么，渴望什么？他们渴望有人来告诉他们幸福的意义，一次说个清楚，然后用一根铁链把他们和幸福牢牢绑住。我们现在不就是在这么做吗？古人梦想着天堂……记住：那些在天堂的人不再有欲望，不再有怜悯或情爱，有的只是得到祝福的人——天使，上帝驯服的奴隶——他们的想象力都切除了（唯有如此才是得到祝福）。而现在，就在我们抓到了这个梦想的这一刻，就在我们紧紧地把握住了（他握紧了拳头，仿佛掌心里有石头，而他要从石头里榨出汁来），就在万事俱备只差剥掉猎物的皮，分成几等份——就在这时候，你——你……"

　　铁铸的浑厚声音突然停住，我就像是铁砧上被锤打的铁条那么通红。锤子默默悬在半空，等待着，而这悬疑更教人心焦……

　　猛然间："你多大了？"

　　"三十二。"

　　"而你竟还像十六岁的人一样天真——年纪才到你一半的人！你难道从来就没想过他们——我们到现在还不知道他们的名字，不过我确信我们会从你的口中知道——他们需要你只因为你是'整体号'建造人？只想利用你来……"

　　"不！不！"我大喊。

　　那就像高举双手对着子弹大吼一样：那句可笑的"不"言犹在耳，子弹已经射穿了你，你已经在地上痛苦扭动了。

　　是了，是了——"整体号"的建造人……是了，是了……一刹那间我想起了 U 那张愤怒的脸，红砖色的鱼鳃不停抖动——那天早晨，她们俩都在我房里……

我清楚地记得：我笑了，抬起眼睛。在我面前坐着一个苏格拉底式秃头的男人，秃头上还渗出小汗珠。

原来事情竟然是这么的简单，这么的平凡无奇，这么简单得离谱。

我被笑声呛住，干咳了起来，我以手掩口，冲了出去。

楼梯，风，潮湿，跳动的灯光，脸——我一路奔跑：不！去看她！再看一次——去看她！

这部分又是一张空白页。我只记得一件事——脚，不是人，而是脚。成百上千的脚从各处落到路面上来，没有节奏地踏着步伐，滂沱大雨似的脚。还有一首轻快调皮的歌和有人的叫喊——可能是冲着我喊的——"喂，喂！过来，过来我们这里！"

接着是一个空旷的广场，吹着一阵紧似一阵的风。广场中央是一个阴暗的、沉重的、可怕的东西——造福者的机器。看见这台机器，我脑中就如回音般浮现这样的场景：一个耀眼的白枕头；枕头上有一颗头，向后仰，眼睛半张半闭；一排尖利甜美的牙齿……而这一切竟然荒唐地都和机器联系在一起，吓煞人。我知道是怎么回事，可是我仍不愿去看，不愿意大声说出来。我不想要——不。

我闭上眼睛，坐在通往机器的台阶上。一定是下雨了，因为我的脸是湿的。远处不知哪里传来压抑的哭声，可是没人听见我，没人听见我哭：救救我——救救我！

要是我有母亲，和古人一样，我自己的母亲——是的，一点也没错——我的母亲。在她面前，我不是什么"整体号"的建造人，不是号民 D-503，不是一体国的一个分子，仅仅是一个人——

她的一部分，被践踏，被压挤，被抛弃的一部分……不管是我把别人钉上十字架，还是别人把我钉上十字架，我都不在乎——说不定都一样——但至少她会听见别人听不见的，她那张老妇人的嘴，凑在一起，一条条的皱纹将会……

札记三十七

提纲: 鞭毛虫
　　　世界末日
　　　她的房间

　　早晨在餐厅,我左边的邻居害怕地跟我低声说:"你为什么不吃饭?他们在看你!"

　　我费了九牛二虎之力硬挤出一丝笑容,觉得脸好像裂开了:我微笑——裂缝的边缘扩大,伤得我更痛……

　　我用叉子去戳一小块食物,叉子却在我的手中颤抖,锵的一声掉在盘子上。一眨眼间,桌子、墙壁、盘子,甚至空气都抖了起来,叮当乱响,而外面———一声嘹亮浑厚的巨响直冲云霄——掠过头顶,掠过建筑,愈传愈远,声音愈来愈小,就像水面上一个又一个的小涟漪。

　　我看见许许多多张脸孔刷地变白,血色尽失,咀嚼到一半的嘴停了下来,叉子冻结在半空中。

　　紧接着是大乱,运行了一世纪之久的常规出轨了。人人都跳了起来（连国歌都忘了唱）——胡乱地咀嚼，匆匆忙忙地吞咽，伸手去抓彼此。"怎么回事？出了什么事？到底是怎么了？"接着就像是一度和谐的伟大机器整个乱了套，各个零件都脱落下来，他们争先恐后涌向电梯、楼梯；脚步声、撞击声、叫喊声——仿佛一封撕毁的信撒在风里，随风飘荡……

其他的建筑中也有人蜂拥而出，不出一分钟，大街上就像是显微镜下的一滴水：鞭毛虫被封在玻璃般透明的水滴中，狂乱地上冲下冲，左右乱撞。

"啊哈！"有人发出胜利的呼喊。我看见他的颈背，还有一根手指指着天空——我记得异常地清晰，那是片泛着黄色的粉红指甲，指甲底部还有白色的弧形，就像是刚从地平线冒出了头的月亮。它仿佛是循着罗盘的指针，上百双眼睛都朝天空看。

天上，一朵又一朵的云像是逃脱了什么隐形的追逐，不停地飞滚，彼此倾轧——而在云层阴影下则是观护人的黑色飞车，伸出有象鼻那么粗的黑色观察管，——而再过去，在西方，出现了像是……

起初没有人了解那是什么。即便是我，比其他人见识过更多的我（不幸啊），也不了解。那就像是庞大的黑色飞车队伍：高度惊人，几乎看不见，速度飞快的小点。愈飞愈近，愈飞愈近；天上传来粗嘎的啼叫声，最后，飞越过我们的头顶——是鸟群。它们尖锐的、漆黑的、刺耳的、坠落的三角形遮蔽了天空。风暴逼着它们下降，它们落在了屋顶上、柱子上、阳台上。

"啊哈！"那个发出胜利呼声的人转过了脖子，我看见是他，额头外凸的那个人。但是现在他已完全不复旧时模样，不知如何，他的额头似乎往里缩了，而他脸上长出了一簇簇明亮的光，好像头发——在眼睛四周，嘴唇四周：他在微笑。

"你明白是怎么回事了吗？"他朝我大喊，压过咻咻的风声、鸟群振翅声、嘈杂的鸟叫声。"你明白了吗？——是绿墙，绿墙炸掉了！你明白了吗？"

远处不时有人影闪过，他们脑袋朝前伸，迅速跑进屋子里。街道中央，有一批做过手术的人雪崩似的涌向西方，他们的动作很快，但是看起来很慢，因为重量的缘故。

嘴角边，眼睛四周都是头发似的光束。我抓住他的手。"听着，她在哪里？I-330在哪里？她在那边吗？在绿墙外吗？还是……我一定得——你听见了没有？马上，我不能……"

"这里。"他欣喜地、喝醉了似的大喊，露出了结实的黄牙。"她在这里，在城里，在行动。哦，哦，我们在行动！"

我们是谁？我又是谁？

他附近约莫站了五十个跟他酷似的人——从浓眉下舒展开来，大声喧哗，兴高采烈，牙齿强健。张大着嘴吞下风暴，挥舞着看似无害的电击棒（他们是从哪儿弄到的？），他们也朝西走，跟在做过手术的那批人后，却从侧翼绕过——取道平行的四十八大道……

我顶着强风织成的大网，奔向她。为了什么？我不知道。我跌跌撞撞。空荡的街道，像座外地的、蛮荒的城市，鸟群得意洋洋地唱个不停，一幅世界末日的景象。我透过某些屋子的玻璃墙壁看见（这景象主动嵌进了我的记忆里）男男女女的号民恬不知耻的交媾，没有拉下百叶窗，没有配给券，就在光天化日之下……

一栋房子——是她的房子。一扇门敞开，里头乱成一团，楼下管理员的桌子没有人，电梯不知停顿在哪一层。我喘着气跑上无穷无尽的楼梯。到了走廊了，快——就像轮轴，门上的数字一个接一个闪过：320，326，330……I-330，有了！

我透过玻璃门已经把室内看了个一目了然——一片狼藉。一张椅子在匆忙中翻倒，四脚朝天，俨然一只死掉的动物。床铺不知为什么推离了墙边，地板上洒落了一片粉红色的配给券，宛如是被践踏过的花瓣。

我弯下腰，捡了一张，又一张，又一张：上头的号码全都是D-503。每一张上都有我，我的一点一滴都融化了，溢出边缘了。而唯一剩下的就是这些……

不知为何，我没办法任由配给券丢在地上，被人践踏。我捡拾了满满一手，放在桌上，仔细地抚平，看着它……笑了起来。

我之前一直不知道，但是现在我知道了，而且你们也知道了：笑声可以有不同的颜色，笑声只是回荡了在你内心深处的爆炸。笑声可以是喜庆的——红、蓝、金黄的烟火；也可以是人体四散的碎片……

一张配给券上闪过一个我不熟悉的名字，我不记得号码，只记得字母是F。我把所有的配给券都给扫到地上，用力踩踏——踩在我自己身上——用我自己的脚，就像这样，随即离开了……

很长一段时间，我麻痹地坐在门旁的走廊上，等着什么。左边传来拖曳的脚步声，是个老人，一张脸活像是打孔的、泄气的、皱缩的气球——还有什么透明的东西一点一滴从那些小孔中慢慢地往下滴。恍恍惚惚的我花了不少时间才了解那是眼泪。一直等老人走远了，我才回过神来，大声喊："等等——等等，喂！你知不知道 I-330……"

老人转过身，绝望地挥挥手，又蹒跚前进……

黄昏时分，我回到家里。西边淡蓝的天空每一秒钟都会抽动一下，射出白光，接着传来闷雷似的吼声。屋顶则覆满了黑色的一块块焦炭——鸟儿。

　　我在床上躺下——睡眠像一只沉甸甸的野兽压下来，压得我喘不过气来……

札记三十八

提纲: 我不知道——也许只有一个: 丢弃的香烟

　　睡醒之后亮光刺痛我的眼睛，我赶忙牢牢闭上眼睛。脑海中浮现一圈奇异的、腐蚀性的蓝光。一切仿佛是在雾中，而透过迷雾……咦，我没有开灯啊！怎么会……

　　我跳了起来。桌前坐着 I-330，一只手托着下巴，挂着讽刺的笑看着我……

　　我现在就在这张桌子上写字。那十或十五分钟，残忍地绞进了最紧的弹簧里，早已过去了。然而，我却觉得房门才刚在她身后关上，仍有可能追上她，抓住她的手——而她可能会笑，说……

　　I-330 坐在桌前。我冲向她，"你，你！我——我看过你的房间，我以为你……"

　　可是话说到一半我就被那两道动也不动、利刃般的眉给挡住了。我停下来，想起了那天在"整体号"上她就是这么看我的，但是我一定要在一秒钟之内找到方法来告诉她——说服她——否则就再也不会有机会……

"听我说——我得……我得告诉你……每一件事……不，等一下，我得先喝口水……"

我的嘴巴好干，好像贴上了吸墨纸。我想倒水，却办不到，只好把杯子放在桌上，用两手捧住水瓶。

这时我看见了：蓝烟是她的香烟散发出来的。她把烟举到嘴边，吸了一口，贪婪地把烟吞下，就跟我吞水一样，然后说："不必了，你什么也不用说，没有必要。你看，我还是来了，他们在下面等我，而你却要我们的最后几分钟用在……"

她把烟丢在地板上，全身都靠着椅子扶手（按钮就在那边的墙壁上，很难摸到）。我记得椅子倾斜，两只椅脚悬空，然后百叶窗放下了。

她走过来，拥抱我，很用力。我能感觉到她衣服底下的膝盖——那缓慢的、温柔的、温暖的、铺天盖地的毒药……

猛然间……有时你彻底陷溺在甜蜜温暖的梦里也会发生这种状况——猛然间你好像被什么给螫了一下，你全身一震，豁然清醒……这一刻就是这样：她房间地上践踏过的粉红配给券，有一张上有字母F，还有一些数字……它们缠进了我心里，打成了一个死结，即使到了现在，我也分不清那是什么感觉，但当时我用力地压挤她，痛得她叫了出来……

又过了一分钟——是在耀眼的雪白枕头上的十或十五分钟之———她的头向后仰，眼睛半张半闭，露出一排甜蜜的利牙。但我脑中自始至终一直弥漫着那挥之不去、荒谬可笑、痛苦折磨的暗示。我绝对不可以……绝对不可以现在去想。我更加温柔、更加残酷地挤压她——留下越来越清晰的蓝色指痕……

她仍闭着眼睛（我特别注意到了）说："我听说你昨天去了造

福者那里，是真的吗？"

"真的。"

说完她睁开眼睛，瞪得很大——我得意地看着她的脸刷地变白，失去血色，完全消失：什么也不剩，只剩下眼睛。

我什么都告诉了她，只隐瞒了一件事——我也不知道为什么……不，其实我知道——我没说出他最后说的一番话，没说出他们需要我只是为了……

她的脸就像相片在显影剂中渐渐出现轮廓一样也慢慢出现了：她的脸颊，她的白牙，她的唇。她站起来，走向有镜的衣柜门。

我又感到口干了，我再倒了些水，可是水却让我恶心，我把杯子放回桌上，问："这就是你来的原因吗——为了找到答案？"

那两道嘲弄的眉挑上了太阳穴，从镜中看着我。她转身想说什么，却一句话也没说出口。

不需要，我知道。

和她道别吧？我挪动了我那双像长在别人身上的脚，却踢到了椅子，椅子一歪倒下来死了，就像她房里的那张。她的嘴唇冰冷，冷得好像从前有一次我床边的地板一样。

她离开了，我坐在地板上，俯身看着她抛下的烟。

我没办法再写下去了——我不想写了！

札记三十九

提纲：结局

这一切就像是最后的一粒盐落入了饱和溶液：针状的结晶迅速成形，凝固，定型。我也看得一清二楚：一切都决定了——明天早晨我会去做。那不啻是杀了我自己——可是或许这是重生的唯一方法。因为唯有杀戮才会有重生。

西方的天空每一秒就抽搐一下。我的头像着火，像有锤子在敲。我坐了一整夜，直到早晨七点才睡着，那时夜幕早已拉开，天色转绿，我能看见栖满了飞鸟的屋顶。

我在十点清醒——今天显然没有起床钟声。一杯水——昨儿晚上的——立在桌上。我一饮而尽，随后就跑了出去：我必须要赶紧做完，愈快愈好。

天上空空荡荡的，一片蔚蓝，好像整个被风暴冲干净了。影子有棱有角，无论什么都像是用蓝色的秋天空气裁出来的，又薄又脆让人不敢碰，一碰就会碎裂，变成飞扬的玻璃粉尘。我的心也是一样：我绝不能思考，我绝不能思考，我绝不能思考，否则的话……

而且我也没有思考。说不定我连看都不是看得很仔细——只是匆匆掠过。那边的路面上，不知打哪来的树枝，树叶有的青翠，有的琥珀，有的深红。头顶上，飞鸟和飞车来回穿梭。底下这里，一个个的人头，张大的嘴巴，手里挥动着树枝。吼叫声、聒噪声、嗡鸣声一定是这些东西发出的……

再后来是空荡的街道——仿佛是遭受过瘟疫袭击。我记得绊到了什么柔软得不可思议却一动不动的东西。我低头看——是具尸体。仰面躺着，双膝微曲，像女人一样两腿大开。那张脸……

我认出那双黑人似的厚唇，即使是现在都还好像一面笑着一面喷了我满头满脸的唾沫星子。他紧闭着眼，笑望着我的脸。我只呆了一下子，随即跨过他，拔腿又跑，因为我再也受不了了，我必须要尽快完事，否则的话，我觉得我会啪的一声折断，像是负载过量的铁轨般弯曲变形……

幸运的是，我只剩下二十步的距离了，金色的字体就在眼前，观护人公所。我在门槛上停下来，尽可能吸了一大口气，跨进了门里。

里面走廊上排了一长排的号民，有的拿着一叠纸，有的拿着厚厚的笔记本，他们缓缓移动——挪个一两步——之后又停下。

我冲到人龙的前面，我的头像要裂开来，我抓着别人的手肘，恳求他们，像是病人恳求别人快点给他一点什么，让他在瞬间的剧痛中结束他的痛苦。

一名女性把制服上的腰带束得紧紧的，臀部像球一样凸起，不时地左右摆动，好似长了眼睛。她对着我轻蔑地说："他肚子痛！把他带到厕所去——那边，右边第二道门……"

大家都哈哈笑，这笑声让我的喉咙里有什么东西往上冒，不出一分钟我就会尖叫，不然就是……就是……

　　冷不防有人从后面抓住了我的手肘。我转过去，只见一对半透明的招风耳，不过这一次不像往常一样是粉红色的，而是猩红色的。他的喉结上下耸动——再过一秒钟，就会冲破那薄薄的一层皮。

　　"你来这里干吗？"他问，立刻在我身上钻出了两个洞来。

　　我紧攀着他。"快！带我到你的办公室去……我必须……马上——说出一切！跟你说最好……偏偏是你，这可能会很可怕，可是这样反倒好，反倒好……"

　　他也认识她，这一点让我更加的难受，可是或许连他听了都会打哆嗦，然后我们就会连手杀掉她；在我人生最恐怖的最后一刻，我不要是独自一个人……

　　门砰然关上。我记得：有张纸卡在门下面，在门关上的时候刮着地板。接着一股奇特的、真空的沉默笼罩住我们，仿佛玻璃钟罩住了这个房间。要是他开口——说什么都好，就算是最琐碎的事也好——我就会滔滔不绝地说出一切。可是他一径沉默着。

　　我全身紧绷，紧绷到耳朵嗡嗡响，我头也不抬就说："我好像一直都很讨厌她，一开始就是。我拼命抗拒……可是，不，不，别相信我：我可以自救，却不想自救，我想要毁灭。这比所有的东西都要来得珍贵，来得吸引人……我是说，不是毁灭，而是让她……就连现在，就连现在，我什么都知道了……你知道，你知道造福者召唤我吗？"

　　"是的，我知道。"

　　"可是他跟我说的话……你了解，就好像……就好像这一刻你脚下的地板就要被抽走了，而你，你周遭的一切，在这张桌子上的一切——纸啊，墨水啊——墨水会泼出来，而所有的东西都溅上了污渍……"

"说下去，说下去！不过把握时间。其他人在外面等。"

接着，上气不接下气，脑筋乱成一团，我告诉了他我记在札记中的大小琐事。说到了真正的我，那个毛茸茸的我，还有她那天是怎么说我的手的——是的，那就是一切的起点……说到我多么不想履行我的职责，我如何自欺欺人，她又是如何拿到假的诊断证明，说到我心中的腐蚀是如何日复一日地扩大，说到古屋地下的长廊，以及如何从那里走到绿墙外……

我说得结结巴巴，断断续续——我不断喘气，找不到词语。那张歪扭的、上下都弯的嘴带着冷淡的笑提供我所需的字——我感激地直点头：对，对……接着，那是什么意思？——而他会帮我解释，我只需要听："对，而且……就是这样，完全正确，对，对！"

我觉得衣领部分的颈子变冷，就像是涂了乙醚，我艰难地发问："可是你怎么——你不可能会知道——连这个也知道……"

他露出龇牙咧嘴的冷笑，沉默不语……接着，"可是，你知道，你还有事情瞒着我没说。你说出了每一个在绿墙外看见的人，可是却忘了一个人。你否认吗？你不记得了——有那么一秒钟——那么一下子——你看见了……我？对，对，就是我。"

静默。

犹如电光石火的一瞬间，我彻彻底底地明白了：他——他也是他们的人……而我，我的痛苦，我做的这一切，都白白糟蹋了，我费了九牛二虎之力，跑到这里来，以为能成就什么伟大的功绩，结果不过是重演了古代那出荒唐的亚伯拉罕和艾萨克的故事。亚伯拉罕——冒着冷汗——已经高高举起了刀子，准备要刺死他的儿子，突然间半空中传来声音："别麻烦了！我只是开个玩笑……"

我的眼睛始终盯着那张不断歪扭的笑脸，两手用力按住桌子边缘，很慢很慢地连人带椅移动；在他猝不及防的时候，我就像是用一只胳臂把自己给抱住一样，盲目地冲了出去，掠过一声声的叫喊，一阶阶的楼梯，一张张的嘴。

我不记得是怎么下楼的，只知道我冲进了地铁站一间公厕里。上头的一切都在毁灭，历史上最伟大最理性的文明在崩溃，但是在这里，套用某人的反讽，一切如旧——美丽平静。单是想到这一切已注定毁灭，绿草会蔓生过这一切，唯有"神话"留传……

我大声呻吟。就在这时，我感到有人轻抚我的肩膀。

是我的邻居，住在我左边的。他的额头——像个庞大的光秃抛物线；额头上还有黄色不可解的皱纹，而且这些皱纹和我有关。

"我了解你，我非常了解你。"他说，"不过，你得镇定下来。不要这样。一切都会恢复正常的，绝对会恢复正常。现在唯一重要的事是让人人都知道我的发现，你是第一个听到的：根据我的计算，根本就没有无限大！"

我大惑不解地瞪着他。

"对，对，我是说没有所谓的无限大。假如宇宙是无限大，那么宇宙内物质的平均密度就应该等于零，而既然不是零——这点我们很肯定！——也就意味着宇宙是有限的，宇宙是球形，宇宙半径的平方，R^2，等于平均密度乘以……一旦我计算出这个系数，我们就……你知道：一切都是有限的，一切都很简单，一切都是可以计算的。到时候我们就能得到哲学上的胜利——你懂了吗？而你，我亲爱的先生，正在打扰我，你打断了我完成我的计算，你在乱吼乱叫……"

我不知道哪一种震撼比较大——是他的发现，抑或是他对世界末日的这一刻所有的执着。他的手中（直到此刻我才注意到）拿着一本笔记簿和一张对数表。我当即了解，即使一切都要毁灭了，我仍然有责任（是对你们，我亲爱的不知名的读者的责任）要把我的札记做个结尾。

我请他给我几张纸——就在他给我的纸上写下了这最后几行……

我正要在这些札记上划上句点，就如古人在他们抛下死者的坑上竖起十字架一样，但铅笔猛地摇晃，从我的指中掉落。

"听好！"我拉扯我的邻居，"注意听我说！你一定得——你一定得给我一个答案：外面那里，你的有限宇宙终止的地方，外面有什么？宇宙之外有什么？"

他没有时间回答。头顶上，有杂沓的脚步声奔下楼梯……

札记四十

提纲：事实

　　瓦斯钟

　　我肯定

　　现在是白天，天气晴朗，气压七百六十。

　　是真的吗？这两百页是我，D-503，亲手写的？我是真的曾经感受过——或是以为自己曾经感受过——这一切？

　　笔迹是我的笔迹，而现在也是同样的笔迹。然而幸运的是，只有笔迹是同样的。没有狂言呓语，没有荒谬的暗喻，没有感情：除了事实之外，什么也没有。因为我痊愈了，我百分之百，彻彻底底地痊愈了。我微笑了起来——我实在忍不住不笑：我的头脑里有根碎片给拔掉了，现在头觉得很轻、很空。说得更精准一点，不是空，而是摆脱了任何无关宏旨，会干扰我微笑的事（微笑是正常人的正常状态）。

　　我说的事实如下：那天晚上，我的邻居，那个发现了宇宙是有限的邻居，跟我，还有所有跟我们在一起的人都被捕了，因为

232

　　他们开始把钟里的空气抽干，她把头向后仰，眼睛半张半闭，嘴唇紧闭着——让我想起了什么。她注视着我，用力抓紧椅子扶手——一直到她的眼睛闭上为止。

我们没有文件证明我们接受过手术，所以被带到了最近的演讲厅（是一一二号演讲厅，这号码不知怎的很是熟悉）。我们被绑在手术台上，接受了伟大的手术。

翌日，我，D-503去向造福者报到，禀明了幸福之敌的一切。以前怎么会那么困难呢？真是不可思议。我唯一能想出的解释是我先前生病了（灵魂那玩意）。

同一天傍晚，我和造福者在著名的瓦斯室，坐在同一张桌前（生平第一次）。那女人要在我的面前供出事实。她十分地顽固，无论如何不肯开口。我注意到她有尖利雪白的牙齿，而且还很漂亮。

接着她被带到瓦斯钟下，她的脸色变得非常白，又因为她的眼睛又黑又大，所以看起来非常漂亮。他们开始把钟里的空气抽干，她把头向后仰，眼睛半张半闭，嘴唇紧闭着——让我想起了什么。她注视着我，用力抓紧椅子扶手——一直到她的眼睛闭上为止。之后她被拖了出去，用电击让她恢复了意识，再一次被带到瓦斯钟下。前后一共重复了三次——可是她仍旧是一声不吭。其他跟这个女人一块被带进来的人就比较诚实：有许多在第一次之后就招供了。明天他们全部都要登上阶梯接受造福者的机器制裁。

这件事拖不得，因为在城市的西方仍有动乱、尸体、野兽，还有——很遗憾的——相当数量的号民违背了理性。

不过，在横越市中心的第四十大道上我们建立了一道高压电路障。我希望我们胜利在望，不仅如此——我肯定我们胜利在望，因为理性必须要获胜。

先知先觉的魅力

止　庵

扎米亚金是个不合时宜的人。对此他自己也明白——一九三一年去国前，在给斯大林的信中就说："我知道，我有一个使人感到非常不愉快的习惯，我不会在特定的场合说似乎对自己最为有利的话。但是，我相信我说的的确是实话。"他的《我们》完成于一九二一年，同为"反乌托邦三部曲"，比赫胥黎的《美丽新世界》大约早十一年，比奥威尔的《一九八四》早二十七年。不合时宜不一定是先知先觉，然而先知先觉往往不合时宜，至少扎米亚金是如此。

不过现在我想到另外一个问题：一旦时过境迁，不合时宜是否仍算回事；所见习以为常，先知先觉还有没有意义？扎米亚金这类作家有可能落入自己预先设下的陷阱，从而隐退于文学史乃至一般政治史或社会史之中。使昨天的读者骇怪不已的东西，今天也许无人再感兴趣。当然他在文学史上的地位无可置疑，而这地位多少是由其所发挥的特殊影响奠定的：在西方，如前所述，扎米亚金启发了一些与他同样具有时代敏感性的作家，他们写下的是真正意义上的"二十世纪之书"；在前苏联，扎米亚金与高尔基同为二十年代的文学导师，其门徒包括著名的"谢拉皮翁兄弟"作家群，就中左琴科、卡维林、费定等人的作品为我们素所熟悉。然而写《我们》的扎米亚金今天可能面临的处境，也许比他的学生困难得多：他们从他那儿学到的是写作技巧，而很少像他笔下那样关乎政治。把《我们》单单看作一部政治小说，没准儿就此把它匆匆打发了事。

以上所说用北京话讲是"逗闷子"，不如趁早交代清楚：此种问题在类似作家那儿或许存在，与扎米亚金则毫不相干。我接触"反乌托邦三部曲"是在二十世纪八十年代，思想上受到它们很大影响；但是当时就感到《我们》与另外两本有所不同。这回要写文章，不敢仅凭记忆发言，把扎米亚金作品的所有中译本一概找来读了，愈加坚信此点。《我们》是作者最重要的著作，也的确算得一部政治小说，然而其价值却不是区区政治小说所能包容得了的，依旧引人入胜，魅力经久不衰。何以至于如此，正是扎米亚金作为一位文学大师的本事所在，所以我们前面讲的那些也就不算多余。

我说"扎米亚金作品的所有中译本"，其实不过区区三五种而已。除去重复的不算，长中短篇小说共计十篇，此外还有些论文和回忆录等。虽然离齐备相差甚远，但大致能体会到作者一贯关注的主题所在。这用阿格诺索夫主编《二十世纪俄罗斯文学》的话说就是："尽管扎米亚金的作品各不相同，作者创造的封闭的艺术空间始终未变。这个空间对作家来说，就是他那时代的世界模型。在这个世界中，人的地位取决于他是否有能力战胜封闭性，战胜自身兽性的、鄙俗的东西，冲向自由精神的广阔空间。"从《在那遥远的地方》（一九一三年）到《岛民》（一九一七年），再到《我们》，这个"封闭的艺术空间"从某一特定区域逐步扩大至全世界，最终涵盖了整个人类的境遇。

　　将上述三部小说对比地看，作者越来越强调的是"世界模型"形成中自发性的人为因素。《我们》开头所引"公告"中说："万一他们不了解我们为他们带来的是经过数学方法计算毫无瑕疵的幸福，那么我们就有责任来强迫他们享此幸福。""乌托邦"何以成了"反乌托邦"，正是因为有人预感到此种看似美好的愿望之中潜伏着危险性，继而这一预感不幸地成为现实。人类总想建立好秩序，建成的却都是坏秩序；或者说，好人构想秩序，而坏人付诸实施。然而对于扎米亚金来说，我们生存于"世界模型"之中，它却并非仅仅在一己之外存在。

　　《我们》采用 D-503 的第一人称叙述方式，"世界模型"首先呈现为"我"的思想，即便"我"一度为试图反抗这一秩序的 I-330 所吸引，甚至多少参与了她的行动，却始终不曾从根本上质疑"世界模型"的合理性，最终与大伙儿一起心甘情愿地接受了"切除想象力"的脑外科手术，乃是一种必然结果。扎米亚金把这称为"思想的熵"。他在《论文学，革命和熵》（一九二三年）这篇可以看作《我们》的主题阐释的文章中说，"科学、宗教、社会生活、艺术之中的教条化——这就是思想的熵"，而"异端是医治人类思想之熵唯一的苦口良药"。所谓"异端"，正是针对"世界模型"这一秩序而言，亦即"我"之于"我们"首先成为思想意义上的独立存在。《我们》是然而不仅仅是一部政治小说，要害就在这里。

　　二十世纪二十年代初在列宁格勒（今彼得格勒）"艺术之家"举办的艺术性散文技巧讲座上，扎米亚金提到两种确定题材的途径：归纳法和演绎法。其一为"某些不起眼的而且是平平常常的事件或是人物，因为某种缘故激发了作家的想象力，成为他创作的因素"；其一为"作者首先提出抽象的主题思想，之后使这一思想体现在形象、事件、人物之中"。在他看来，后者"有危险性，它可能偏向公式化的形式"，"通过这一途径创作的题材很少能以完美无瑕的形式表现出来"。（《论题材和故事情节》）这番话几乎说在写作《我们》同时，该书也很容易被看成此类作品，然而它的确"完美无瑕"。这使我们想到扎米亚金说的："作家的才华就在于正确地一反常规地去创作。"（《论文学，革命和熵》）无疑他做到了"正确"，然而是怎么"一反常规"的呢？扎米亚金谈及《岛民》时说："我不得不时常重现自己，重新出现在自己的作品中，重新再现自己的感受，这是因为这些感受对我再熟悉不过了，而且创作的材料也谙熟于心。"（《论语言》）《岛民》一般被视为《我们》的雏形，两本书写法并不相同，一是寓言化的现实，一是现实化的寓言，其间有一点则是相通的：我们阅读时虽然在观念上受到震撼，观念在作品中却呈现为感受，真正震撼我们的正是切身感受。感受的真实实现了本质的真实，或者说，作者借助归纳法成功了演绎法。在《我们》中，从来就没有什么是抽象的，——好比小说中所描写的那样："清晰无比地听着你的思想金属似的嘀嗒声。"一切都那么具体，简直活灵活现。

　　话说至此，可以回过头去讲《我们》的魅力所在了。不仅在于其深刻性，而且在于承载这一深刻性的艺术形式始终保持着充实饱满状态。虽然框架和事件都是虚构的，但是作者写来真有如生息其间，无不体会入微，无不有所触动。另一方面，在所有具体之上，作者显然不乏他的整体审视。对他来说，形而上的也就是形而下的，不过分别从宏观和微观的角度去看就是了。这大概该说是一种"冷静的疯狂"罢。我们由此想到扎米亚金曾经深受影响的果戈理和陀思妥耶夫斯基，也许可以归为俄罗斯文学传统的深厚禀赋；而他不过是在最不容易处理的政治小说的形式中，把这种禀赋发挥到极致，从而超越了这一形式。从这个意义上讲，《我们》是一部可一而不可二的作品。

上述反差还可以追溯到作者的特殊身份——他同时还是一位杰出的造船工程师，因此对于"数学般准确无误"特别敏感，大概从中体会到某种被无所限制地纳入秩序的趋势，而他称之为"熵"的我们思想的危险性正在于此。不妨说作为科学家和生活在那个特定环境中的人，他看到了什么；作为伟大的文学家，他这样去看。

人需要高尚价值的想象

徐 贲

我在教浪漫主义时期的英国文学时，总是发现学生们对华兹华斯（William Wordsworth）和柯尔律治（Samuel Taylor Coleridge）的诗论很感兴趣，但是，一问到这两位诗人对"想象"的不同理解，学生们往往只是从"作诗"来谈想象的作用，很少能有谈到想象的社会功能的。在我教的"反乌托邦文学"的课上，学生们则会因为课本内容的缘故，对想象的社会功能有所理解。我后来发现，就是一些思想比较成熟的人，要不是因为对"乌托邦"想象有些了解，也未必真正思考过想象的社会功能问题。

有一次和几个学界朋友谈到"具有中国特色的社会主义"，有人提议想象一下这个社会主义的生活图景。一位朋友说，到那时候，人人都能享受吃饭、穿衣的权利，有住房、汽车、稳定的工作、充分的退休和医疗保障。另一位朋友说，这种对未来的想象根本没有意义，一来是人类不能预知未来；二来是迄今为止，那些以未来想象为蓝图的社会，非但从来没有实现过，而且还把人类带到各种各样的宰制和苦难之中。

　　这令我想起了美国历史学家雅各比（Russell Jacoby）的《不完美的图像》一书，书中引述德国思想家兰道尔（Gustav Landauer）在《保卫社会主义》中说过的话：只有物质的社会主义是一个生长在资本主义脖子上的"巨型甲状腺肿瘤"，人不能只是"对物质与技术顶礼膜拜"，人"需要从心灵进行创造"，而想象正是人类心灵创造的天生要求和天赋能力。

　　公共生活想象枯竭，害怕想象美好的未来，不再相信人有这种想象能力，甚至否认人有这种想象的需要，这似乎已经成为我们这个时代的犬儒和价值虚无主义之病。

　　其实，想象力滋养了政治和社会的道德价值理想，想象力本身并不会导致宰制型社会制度。相反，想象力是一种对宰制型社会制度的批判和抵御力量。著名的作家扎米亚金（Yevgeny Zamyatin）在小说《我们》中让我们看到，一体国的当权者发明了一种外科医疗手术，用来切除具有破坏性的想象力。"欢呼吧！"《一体国报》宣布，科学如今能够制服想象力了，这是"我们通往幸福的最后一道障碍"。想象力曾经是一条"虫子"，它啃噬人们，造成广泛的不幸。"国家科学最近发现了这个想象力中枢的位置——脑桥部位一个小小的瘤。三道 X 光就可以切除掉这颗瘤，而你就能治好你的想象力——永不复发。"你们将变得完美无缺，无忧无虑。"还不赶快！"统治者命令道，排队接受"伟大的手术"吧。

　　扎米亚金的"一体国"是一个文学的想象，文学想象是通过说故事来表达的。那些看上去与"现实"有距离的故事（如《皇帝的新衣》），其实灌注了对现实的理解和批评。当理解和批评只能通过暗示或寓言来予以表达的时候，想象变得尤为重要。在文学故事里，想象的作用不只是再现经验景象，而且更是构建人的价值观意义。

说故事的想象展示的是人的意志力量，一种要想挣脱现实束缚的自由意识。想象因此成为一种人与动物相区别的本质特征：人能够在实际并不自由、不平等、缺乏尊严的生活状态下，想象一种他从来没有经验体会过的自由、平等、尊严。人一旦失去了这种想象能力，就会变得与动物难以区分。

人类天生就具有想象的能力，就像人生来就有学习语言、运用逻辑的能力。但在不同的社会制度环境中，这些能力受到重视和得到发展的机会却是很不相同的。在不同的社会中，文学的和政治的想象会被灌注进完全不同的价值意图。因此，在不同的社会中，作为科学知识的想象也许差不多，但认同高尚价值的想象却相差很多，对自由、民主、尊严的想象就是一个例子。

人们对二十世纪种种"大一统"社会想象的灾难后果心有余悸，因而对展望和想象本身充满了怀疑。但是，如果无法作政治社会想象，又会是怎样的一个民族和国家呢？雅各比就此写道："振奋人心的理想主义早已销声匿迹。……我们变成了比以往任何时候都要狭隘的功利主义者，专注于对此时此地的调整，而不是去重新创造"。

其实，任何一个社会都不可能真的生活在价值想象的绝对虚无之中。如果没有勇敢、高尚、前瞻的价值想象，社会和个人就会把胆怯的目光投向昏暗的过去，变得无力抵御蛊惑者虚伪的价值诱骗和迷惑，成为主体想象力实际被脑切除的愚民。例如，不能对自由、民主、尊严的未来有所想象，就很容易用唱红歌、学样板戏、走回头路的"新文化"，甚至杜撰和怀念"阳光灿烂"的"文革"日子来寻求失落的"道德黄金时代"。于是不可避免地就会把早已倒塌的偶像重新树立起来，盲目崇拜。高尚价值想象的衰退会使个人和社会陷于精神成长的停滞状态，在这种状态下，大活人拜的只能是死偶像。

高尚价值想象力衰退，这是人的自由意识麻痹和心灵创造力丧失的一个征兆，在司空见惯之事面前，人们宁愿默默忍受，也不再有逃离的愿望；对未来可能是什么，人们宁愿随波逐流，也不再有兴趣去想象一种别的活法。由于没有可以集体想象的高尚前景，社会中的人丧失了构建和改变历史的意志，也丧失了理解和评价历史的能力。